謎樣的毒親

KAORUKO HIMENO
姬野薰子——著
李漢庭——譯

導讀

事實比小說更離奇

新井一二三

母性神聖，是全世界跨時代的信仰。所以，無論何時何地，開口批判母親或者揭發母親的不是，都要引來別人的白眼和譴責：多不孝！快閉嘴！

可是，實際上，並不是世上所有的父母都是聖人、聖母。於是，過去幾十年來，父母對兒女的虐待包括身體上的、精神上的、性方面的，在文明國家都被定為刑事犯罪了。父母打孩子、罵孩子不再做為家教的一部分被廣大社會接受。

還有一部分父母的所作所為，雖然不符合刑法上對虐待的定義，可還是嚴重傷害了孩子。美國著名的心理療法家蘇珊·佛沃（Susan Forward）博士，在一九八九年問世的《毒親》（台譯：父母會傷人）一書裡，清楚地講述了那些父母使孩子們的人生變得多麼困難。其中，父親的不是，往往以粗暴的行為表現出來，在別人眼裡相對容易認清。然而，母親的毒性經常藏在眼色、口氣、態度中，叫人摸不清楚是否真有其事發生。

在日本，佛沃博士著作的翻譯本，一九九九年開始出版，果然影響了不少人，其中就有多名女性作家。從二〇〇八年起，陸續出現日本女作家揭發毒母的虛構、非虛構作品。先有繪本作家佐野洋子寫自己母親的長篇散文《靜子》；接著二〇一一年，知名作家村山由佳發表了小說《放蕩記》；二〇一二年水村美苗則在報紙上連載了《母親的遺產》，同一年田房永子的漫畫作品《母親太沉重了》也問世。二〇一四年，本書作家姬野薰子的小說《昭和之犬》獲得了直木獎。

《昭和之犬》描述彷彿作者姬野薰子的女孩在第二次世界大戰以後的日本社會裡長大的故事。她父母都遭受戰爭的負面影響，精神上的不平衡之處一輩子都難以療癒，更不能過幸福的家庭生活；結果，他們的獨生女只好一個人孤單單地面對很多荒謬、殘忍的狀況。同一個作家第二年發表的本書《謎樣的毒親》，則採取另一種形式：講述者日比野光世藉日本報紙上常見的「人生相談」專欄，寫信給一群老賢人，請他們解答關於她小時候主要在家裡遇到的種種怪事。在整本書最後，作者姬野薰子寫明：文中的「詢問」都有事實根據。

閱讀《昭和之犬》，大多讀者大概猜得到，作品裡的不幸女孩該是作者本人。但是，正如俗話說「事實比小說更離奇」，《謎樣的毒親》裡給暴露在光天白日之下的大小事件，比小說裡的情節更加出奇，更加難以理解。

例如，和治光世在第一封信裡提到在小學裡發生的幾件怪事，顯然跟她父母沒有直接的關係。儘管如此，只要是被毒親帶大的讀者，應該都會有類似的回憶。每個小孩子的經驗都有限，視野也都很窄，所以他們無法理解世界、社會的運作。當遇到不可理解的事情，若是一般的孩子就會問父母，一件由他／她看來特別奇怪的事情究竟是怎麼來的？做父母的則要替孩子想想幾種可能的版本。

然而，本書的講述著光世，從小就不能向父母提出問題，因為父母的心理狀態極為不平衡，小孩子無論說什麼都會引起他們的憤怒或冷笑、辱罵或虐待。一個孩子在家中完全孤獨，得不到保護和同情的話，她跟外面世界的接觸，自然會是很彆扭的，她對廣大社會的認識，自然會受到種種限制。

所謂毒親，往往在精神上有不健康的地方。日本甚至有醫生說：毒親就是人格上有不可救藥的障礙，因此不能體貼別人，即使是自己的兒女。書中的光世父母，因為父親的脾氣特別壞，動不動就大聲罵人，母親在他面前只好扮演跟隨、服從的角色，即使父親指鹿為馬，母親都不敢否定或糾正。日本過去發生過，一個家庭中有一個人成為國王，其他人則害怕他／她到任何命令都一定聽從奉行的地步，甚至被命令互相殘殺都得乖乖執行的案件。文中的和治家在某種程度上，應該也處於類似的狀況。

不過，可怕的又不僅是光世父親。故事中她也暴露母親把性方面的欲求不滿發洩在女兒身上。對此，老賢人們解釋：恐怕光世的父母都把女兒當作傭人、奴隸。若是如此，把她視成該為自己的滿足而服務的工具都不奇怪。

姬野薰子雖然是獲得過日本最重要的娛樂小說大獎——直木獎的知名作家，但是日本的主流媒體上，卻鮮見這本《謎樣的毒親》的專業書論。或許是因為書中毒親的所作所為太出乎一般人的想像之外，很難相信是事實；還有一半的原因，我認為是一般日本社會仍然對批判父母尤其母親有所忌諱。還好，讀者們不一樣，他們張開雙手支持作者勇敢地寫出如此謎樣的毒親小說。

講述者光世最初不敢稱呼自己的父母為毒親，由於他們從來沒讓她挨過餓，也幾乎沒有對她動粗，最後還付學費讓她讀完了大學。光世也堅持：她不相信父母的所作所為出於惡意。對此，老賢人們說：她的父母既然沒有把女兒當人看待，就不會因為侵害了女兒的人權感到內疚。叫女兒從小穿男童裝，直到女兒進入青春期都不給她買胸罩，還老說她的頭髮臭等等，其實是很多讀者在自己父母身上經歷過的人權侵害。也許有些人覺得《謎樣的毒親》內容太奇怪，問題在於，這偏偏是包括作者在內的許多人親身經歷過的荒唐事實。

目次

序幕

說來聽聽好嗎？

報章雜誌上經常有所謂的諮詢專欄。「人生諮詢」、「煩惱專線」、「Q&A」、「幫幫我」等形形色色的欄位。由讀者投稿諮詢，再由專家回答。

讀者看了這種諮詢專欄，會不會覺得少了太多細節？本來想套在自己身上參考，卻缺了最關鍵的細節。而對回答問題的專家來說，多半也是綁手綁腳吧。

從小我心底就一直存在著一些疑團，希望有人為我解答，其實也說不上煩惱，姑且先稱之為謎題就好。

我生在平凡的環境裡，過著平凡的人生。

所謂平凡，就是一種恩賜。然而當時的我並不懂平安是福的概念，等到不年輕了，那才真是刻骨銘心。

說來這輩子我沒吃過什麼苦頭，也沒碰過什麼險境。想投稿給諮詢專欄的問題，應該也算不上是煩惱，索性就稱它為謎題吧。不過就算解開了，也不會獲得什麼寶物，或者發生什麼童話般的遭遇。

內容呢……是我家裡的事情。雖然很久之前，我曾試圖和別人提起過這件事，但是才提不到十分之一，就說不下去了。

由於是家裡的事情，我不太敢說給實際認識我父母的人聽，有時對方才聽沒多少就已有了非常強的成見。所以我想，投稿給諮詢專欄，問問陌生人應該比較妥當吧，但又不知道該從何說起才好，因為淨是些雞毛蒜皮的小事，就算投了，多半也不會被刊出來，以致直到今天，我都不曾從頭到尾好好說過。

從小時常讓我感到疑惑的父母，父親久病纏身先走了一步，母親也長年患病，在去年過世。

我是獨生女，大概兩、三歲開始懂事的時候，就常聽身邊的人說：「好可愛好可愛的獨生女喔」、「好寶貝好寶貝的獨生女喔」，然而我不算好好照顧過父母，是個不孝女。

父母接連染病，與病魔纏鬥二十多年，這段期間我一直禁止自己回顧過往。無論在新幹線上或者在醫院裡，每次我想要往內心探察就趕緊打住，轉念思索該怎麼照顧好眼前病人的需求。

直到前些天母親的周年忌日，我被某道聲音嚇了一跳。

無論是祖父母的喪禮、法律上父親的喪禮、伯父伯母的喪禮、親生父親的喪禮，還有去年母親的喪禮，每次和尚誦經的聲音都不一樣。菩提寺的住持師父已經過世，職位傳子又傳孫，前些天的忌日由孫子來誦經，他看起來還像個會熱衷於電玩或追星的年輕人。

「好年輕的聲音啊。」年輕和尚誦經的聲音讓我深刻感受到時光飛逝。

回程搭上「希望號」的末班車，列車離站愈遠，車窗外能見到的大樓就愈少。夜景中有零星的燈火，那是民宅流洩出的燈火，家庭的燈火。

我在家住到高中畢業為止，家中晚上當然也會有燈火。

（那是怎麼回事？）

（還有，那一個又是怎麼回事？）

好多疑團，我一直搞不懂。

（最後還是沒找人問。）

事情不嚴重，但直到現在，我還是想找人問清楚。

只是今天一個人辦完喪事，又搭上時速兩百公里的超快車，累得沒有心情，回到家便鑽進被窩直接睡了。

母親周年忌的那個週末，我去了一趟文容堂書店。

我是從西武線S站走過去的。我的住處和上班地點都在離西武線很遠的相鐵線上，那天是因為之前的上司退休後，住進了西武線上的某家醫院，我探完上司的病回程時，電車停靠在S站，站在車門邊的我突然覺得眼前這個站名很熟悉，忍不住下了車。

念大學時，我就住在這個S站附近。當時寄宿的家庭就在文容堂書店附近，這個文容堂曾經是「賣麵包也賣筆記本的書店」，那個時候不像現在到處都有便利超商，中小學校附近的書店除了賣書，也賣麵包、牛奶、筆記本、口罩、名牌……應有盡有。

我下意識地在S站下了車，感覺自己又成了大學生，漫步前往文容堂書店。書店所在之處沒變，外觀卻已大不相同，改建成了四層的小樓房。一樓的一部分是書店，而且還是二手書店，其他則是按摩整骨院、公文書寫教室。樓上有出租套房，還有一部分應該是書店老闆的住家。

書店的門面還跟當時一樣，真令人懷念。那扇門不是自動門，而是木框拉門，拉門鑲著的玻璃上用金色顏料寫著「文容堂」三個明體字。

「大學的時候，每天都會看到這個商標呢。」

我住在這一帶時，每次去文容堂都很喜歡看一份地方小報，它就貼在牆上，叫做《城北新報》。

《城北新報》就貼在收銀檯旁邊牆上，輪番刊登幾名寫手關於地方歷史、植物知識之類的隨筆散文，而且都是手寫，其中長谷川博一先生的散文直到現在還是讓我印象深刻，讀來總是又驚異又敬佩。

不過散文只是偶爾刊登，報紙內容大多是附近中小學生的投稿諮詢，標題是「說來聽聽好嗎？」，由讀者投稿發問，報社寫手輪流回答問題。我很喜歡這個專欄的內容。

比方說有次某個小學生寫道：「暑假作業規定一定要讀偉人傳記，那麼世界上最偉大的人是誰？」或者個頭矮小的國中生來信詢問：「想長高應該參加籃球隊還是合唱團才有幫助呢？」我總是站在牆壁前面把這份報紙看完。

文容堂的店員是名通常身穿和服或者日式作業服的男性，名叫兒玉清人。某天我要結帳時，看到櫃檯上放著寫有「兒玉清人先生收」的信封，才知道的。

一看到信封，我就脫口而出：「啊，差一個字。」

日本演員兒玉清在許多日本人心中的形象應該是「理想的父親」吧，我也這麼認為。「父親」對我來說是個抽象的概念，「母親」也是。「父親」對我而言就如卡爾・布瑟（Carl Hermann Busse）的詩句：「住在遠山那一頭的人」。而現實中的父親則是每個人各自所有的那個父親，所以兒玉清人，兒玉清加個「人」字，感覺「遠山那一頭」的人跑到山的這一頭來，我才不禁脫口而出「差一個字」。

「對不起，我失言了。」我連忙道歉，而身穿作業服的差一字先生則是淡然地回答：「這是常有的事。」

他臉上沒有笑容，態度也不親切，甚至可能會讓人覺得冷漠。他並沒有因為這段對話而與我熟稔起來，始終保持著生疏的距離，超然自若。

我跟他大概只講過這些話，卻格外覺得懷念，於是伸手拉開改裝之後的文容堂的玻璃拉門。

「請進。」

書架後方傳來招呼聲。

門口附近是幾乎全新的參考書和題庫，中段是實用書、老電影的攝影集，更後面則是書法相關書籍。回想起來，《城北新報》的手寫字體都是漂亮的硬筆字。

靜悄悄的。

有名男性在收銀檯上攤開什麼正在讀著。啊，就是他，我不禁張口卻沒出聲。差一個字的兒玉先生，頭髮近乎白了八成，皺紋也更多更深。

（怪了……）

我心想，過了這麼多年，應該要變得更老才對，但他看來不過六十五、六歲左右。

（應該要更……）

過了這麼久我這才發現，當年常來逛這家書店的時候，他其實比我想得年輕許多。

（原來我當時根本沒有仔細看他的長相。）

由於書店老舊，他又穿著傳統的作業服，轉移了我對他皮膚與頭髮的注意力，才會誤以為他比實際年齡要老很多。

「哎呀？」低頭閱讀的老闆抬起頭來。

「好久不見了。」

「……」我愣在原地。

如果不算差一個字這件事，當時我與他的交流，應該僅限於顧客與店員間最基本的對話。而且，我已經搬離這裡好一段時間了。他還記得我啊？怎麼會認出我呢？還是把我跟其他客人搞混了？如果我很冷靜，應該會先問這些問題。

只是相隔數十年歲月，聽到人家對我說聲好久不見，真的非常震驚，原來除了我之外，還有人記得「以前」的事情。

我一直記得那些「以前」的事情，包括從小到大遇過的人、發生過的事，不過世上大多數人不會這樣，對於「以前」的事情總是邊走邊忘。

「大家……都像……稻老師一樣……」

我沒想過要說這個的。

「誰是稻老師？」他反問我。

「啊，就是我小學的班導師，她很健忘。」

「這樣啊，那還挺方便的。」他態度淡然，就像牆上還貼著《城北新報》的那時候一樣。

「那個，我啊……」我想說什麼呢？打算說什麼呢？

「妳以前常來看《城北新報》對吧，所以我記得妳。」

「……那份新報還在嗎？」

「不在了。」

「要是我當時也投稿就好了。」

我伸手拿起最近的一本薄薄的文庫書請他結帳，只看它價格便宜，根本不管內容，然後伸手拉開玻璃拉門。

「歡迎再來。」書架後面又傳出招呼聲。

拉門開著，我回頭走到書店中段，隔著書架回道：「好的。」

明明不趕時間，我卻一路跑回S站。

回到相鐵線上的住處後，我立刻坐到書桌前，提筆寫信給已經不存在的《城北新報》。

換名條事件

《城北新報》「說來聽聽好嗎？」專欄承辦人，您好：

我不知道這件事情是否適合刊於「說來聽聽好嗎？」專欄，但還是下定決心打開電腦。

與其說是煩惱，我想說是疑團會更貼切些。

我家有父母與我一共三人，而我常在家中碰到怪事。

以前是謎，現在依然是謎，都是些雞毛蒜皮的小事，小到真的不清楚該從何說起才好。

我想從被人換名條的事情說起，這跟我的家庭沒有直接關聯，但是這件事情的怪異程度，本質類似於我在家裡碰到的事。

＊　＊　＊

記得在《城北新報》的某一期，長谷川博一先生曾經寫了一篇散文，大意為「現在明星演唱會都在閃螢光棒，以前看公演可都是拋紙帶的」，「明星」這說法可真老派啊。除了藝人表演之外，以前的人在輪船啟航時也會拋紙帶，甚至在學校也常常會用到。

那是我讀小學二年級的事。

我以前住在近畿地區的Q市，考慮到當地不少居民的個人隱私，我決定隱瞞真實地名，以下出現的所有人名也都是假名。

我小學二年級的時候，Q市人口大約三萬多。對於從小生長在人口三十萬以上的都會讀者來說，應該很難想像這種規模的社會有多難生活。

如果規模再小一點，居民的生活步調會像鄉間一樣悠閒。但是要大不大要小不小的，就會形成一種守舊而頑固的觀念，眾人的眼光尤其惱人。

我家在民營鐵路Q站附近，出站後轉搭公車不用多久就能抵達。

我當時就讀的是市立小學，學生有六百零三人，我讀二年二班，男生十九人，女生十八人，班導師是稻邊和子老師。

稻邊老師當時應該是三十七、八歲吧？她沒有加入日教組[1]，有一些加入工會的老師經常在背地裡罵她是個情緒化的人。無論任何團體或制度，只要碰到改變或革新，總會有人抓準過渡期揩油。現在回想起來，稻邊老師或許也做了類似的事，因為她沒有加入日教組，卻享受著日教組才有的好處。

「稻邊小姐她有點……情緒化，或者說她很會觀察周遭的局勢再見機行事吧。」

「連署應該是沒希望了。」

我曾經聽到小坪主任跟高年級的班導師星野老師這段談話。當時兩位老師講的是關西方言，但是我如果直接寫方言，恐怕《城北新報》的承辦人很難看懂其中含意，我打算據實往下寫，只將方言換成國語。

紙門開了一半，裡面是小坪主任和高年級的班導師星野老師，兩人匆忙將一張列印文件收進公事包，從我的角度看不清文件內容。

小坪主任是教育委員會委員。委員平時不會在教室露面，我這個小學生怎麼會認識呢？因為外公年輕的時候參加過委員會，委員是外公的朋友之一，偶爾會到他家拜訪。外

1 日本教師工會。

公家在縣政府附近的河岸邊，我常去那兒划船釣魚，也經常見到小坪主任。

「稻邊小姐啊……」

我在外公家碰到的那些大人提到我在幼稚園與小學所認識的老師時，都會加上「先生」、「小姐」等稱呼，這讓我感覺非常不舒服，好像聽了什麼不該聽的事情。

「……因為稻邊小姐是第二的啊。」

第二，意思就是第二工會。這跟日教組是不一樣的團體嗎？這種事，小學生搞不清楚，但是我討厭小坪主任把星野老師叫做「星野小姐」，也討厭他跟星野老師把稻邊老師叫做「稻邊小姐」。我不是討厭這個稱謂，而是聽到這個稱謂時不知道該有什麼表情，該怎麼呼吸，甚至不知道該不該繼續留在原地。

或許這只是幼時的印象，但我覺得以前的日本人遠比現在更重視道德，以前的人重禮貌與誠實勝於金錢。我這個住在鄉村小鎮的小學二年級女生，聽到有人稱呼偉大的班導師為「稻邊小姐」，就覺得實在太沒禮貌了。

每當聽到小坪主任說「稻邊小姐」，我總是心驚膽跳，怕等一下就會被稻邊老師罵。

稻邊老師只要碰到一點小事就會突然抓狂。而反應遲鈍的人在沒有規矩的混亂狀態下容易焦慮不安，無法應對突如其來的變化。

我從以前就是個遲鈍的人。

我的大腦就像一顆石頭做成的車輪，只能鏗噹、鏗噹地慢慢滾動。當這顆遲鈍的腦袋還在拚命思考這件事的時候，大家的話題早已換了又換。如果「見機行事」是敏捷，我就是完全相反的典型。

不僅遲鈍，我還不怎麼開朗和體貼，所以我也很清楚，有人很明顯地討厭我。那些討厭我的人並沒有聚集起來欺負我，我當時的記憶是如此，但或許我的確被欺負了，只是多虧遲鈍的腦袋才沒有發現。

＊　＊　＊

第一次被換名條是在第二學期。

那天是十二月十二日，兩組數字相同，所以我記得。

吃過午餐之後是打掃時間，我這一組要打掃兒童出入口。

兒童出入口就是學生專用的出入口，全校學生的鞋櫃按照年級與班別全都排在這裡。掀起鋪在地上的木架板，用澆水壺灑水，地上掃一掃，放回木架板，用抹布擦過，再去擦鞋櫃的側邊和上頭。鞋櫃正面沒有門板，就只是一格一格，每一格都貼著寫上學生名字的紙條。

稻邊老師用麥克筆把每個學生的名字寫在紙條上，一張一張用糨糊貼在鞋櫃上。每個班級有全學年共通的指定顏色，一班是紅色，二班是黃色，三班是綠色。我是二班，所以名字寫在黃色紙條上。

稻邊老師的字非常好看。學校碰到運動會或畢業典禮這些大活動，必須用毛筆寫大字，這時候絕對都由稻邊老師大筆揮毫，寫下一手漂亮好字，鞋櫃上的名條也是她用油性麥克筆寫給我們的漂亮楷書。

差不多要掃完的時候，我蹲著在水桶裡擰抹布。

「哎呀？」我停下動作。

名條是老師在我們入學時寫的，到了小學二年級冬天，紙條的黃及麥克筆的黑都已經開始褪色。但是通常人並不會注意到緩慢的變化，一樣事物一定要跟其他全新的事物擺在一起，才會注意到它是「舊的」。

正是發現它是「舊的」，我才會停下來，因為只有一張名條是新的。

和治　光世

和治光世就是我，只有我的名條被換成新的。

班上其他同學的名字都已經褪色，就只有我名條上的字體又新又黑。其他同學的名條紙都已經褪色，就只有我的名條還是鮮黃色。

「……」

鞋櫃的順序是照五十音排列，所以我的鞋櫃位於最下排。我蹲著瞧那張名條，突然有人拉我的袖子。

「小光，怎麼啦？」

因為我叫「光世」，一些同學從第二學期起就叫我小光。

只要眾人喊起暱稱，就代表你受歡迎。我並不特別受歡迎，一直以來大家都稱呼我「和治同學」。某天國文課教到「光」這個漢字，稻邊老師說明了音讀與訓讀，然後發現坐在中央前排的我，就用我的名字來舉例：「和治同學的名字光世（mitsuyo），訓讀就念做hikaruyo。」但是hikaruyo念起來非常拗口，全班哄堂大笑。後來一整天同學都叫我hikaruyo，但是真的太難唸，久而久之就把yo給去掉，變成小光（hikaru）。拉我袖子的是美和雪子，這個名字理所當然就是要叫「小美」。

我指著名條。

「啊，怎麼會這樣？換新了。」小美也發現我的名條換新了。

「是小光換的嗎？」

「不是，我根本沒碰過。」

「那怎麼會變成新的？」小美跟我正好相反，聲音響亮，個性開朗，同學跟老師都非常喜歡她。或許是我遲鈍又不討喜，所以也特別喜歡小美這樣的女生。

「我也不知道為什麼。」

「嗯……」

我們一起蹲了下來。

「這名條寫得很好看，但不是稻邊老師的字。」

「嗯，不是。」

這張名條的字跡很工整，是大人寫的，但跟我們經常在教室、大型活動上看到的稻邊老師字跡不同。

「其他同學的名條都沒變，為什麼只有小光的名條換了？」

我才最想知道，到底為什麼呢？

「小光今天來上學的時候，就換新了嗎？」

「早上還沒換。」

我想應該是沒有。我早上很難清醒，起床後會一路發呆到中午，或許沒有特別注意自己鞋櫃上的名條，但是變得這麼新，不管我有多漫不經心，也不可能沒注意到才對。

「早上第一到第四堂都在上課，所以是趁午餐時間換的吧。」

「好怪喔，我們去告訴老師。」

「要講什麼？」

都市裡的小學生或許不怕找老師講話，但是住在鄉村小鎮的我，當時又只是個小學生，根本就不敢隨便找老師講話。要是名條換新會引發什麼驚天動地的大事倒另當別論，但是實際上不會，所以我不敢隨便去找老師說，或問她覺得為什麼。

「也對啦，不知道要怎麼問比較好。」
「就是啊。」
我們抬起屁股，壓低腦袋，貼近名條。
「好怪喔，難道是小光的名條快脫落了？」
「沒有啊。」
要貼近名條，就得把頭壓低到下巴幾乎貼上木架板，我的鞋櫃在這麼低的位置，名條的狀況本來就比其他同學的更好。
我們蹲累了，站起身來，坐在放傘的鐵架上。

＊　＊　＊

話說，我對自己的名字也有所隱瞞。
我在戶口名簿上的姓氏並不是和治，因為我是由伯公日比野義雄收養，是個養女。
日比野家由長子繼承，底下還有次子義雄、三男和雄，其中三男就是我的外祖父，另外還有兩個出嫁的女兒。最小的和雄入贅到別人家後改了妻姓，後來長子過世，次子義雄繼承家業，由於義雄沒有子嗣，我就過繼去當他的小孩。

不過，我跟親生父母同住，門牌還是掛著「和治」，母親也冠夫姓和治，所以我的名條貼的是「和治」。

多年之後我才發現，我姓日比野這件事，是母親的一種反抗。

「其實啊，妳的名字叫日比野光世。」

在我還很小的時候，只要父親幾天不在家，情緒較穩定的母親便會對我這麼說。

「所以，妳不是那個犯人的小孩。我也是被其他人騙了才會走到這一步，只要我能離開，就跟那個犯人沒關係了。」

母親嘴上這麼說，但是態度比平時要溫和許多。

母親名叫敷子，我來補充一下敷子想說的話。她之所以把我過繼到外祖父宗家，是因為我的父親和治辰造是個戰犯。「這是怕妳變成戰犯的小孩啊」、「父親從軍的事情千萬要保密」、「只要說他是被徵兵就好了」。敷子常交代我，千萬不能提起辰造是舊陸軍士官。

敷子也經常說：「沒有人告訴我他是戰犯，就要我跟他結婚。」我讀小學的時候不知道那是什麼意思，多年之後問起這件事，才知道當時是個在蘇聯戰俘歸國互助會工作的人，將辰造的相親資料交給日比野義雄，而這兩人為辰造著想才會隱瞞事實。戰勝國單方面對和治辰造的強硬安排，在日本尚未復興之際是個無可抵抗的悲劇，所以對和雄（我的外祖父）沒有說得太詳細。

於是和雄便幫和治辰造與自己的女兒牽線（以當時來說，敷子的年紀算是很晚出嫁了）；至於辰造，在大家都知道他是個戰犯的前提下，還是與敷子結婚了。結婚之後不久，敷子就生下了我。

敷子總是誇張地說自己被騙了，但簡單來說只是小小的誤會。我在國中畢業典禮結束後，碰巧見到那個某人的遺孀，才從她口中聽說來龍去脈。原來這位太太是畢業典禮的來賓。

那位太太經過一番猶豫才願意告訴我，但是聽她這麼一說，我小學時期心中那團迷霧總算是一掃而空，心情有如撥雲見日，真是無比的舒爽。

我想母親就只是討厭父親。在毫無變化的鄉村裡，女人一旦離婚可是個天大的汙點、罪孽，這是現代人無法想像的。當時的女性大多有種幾乎已成了信仰的觀念：「要是離婚，小孩就可憐了。」

我想戰犯之類的事情跟母親其實沒有多大關係，她將自己的小孩過繼給日比野家，應該只是想離婚又離不成，只好靠這招來遠離父親。雖然我覺得這想法有點難以理解。

辰造出於經濟因素默許了敷子如此複雜地操作戶籍，畢竟日比野家出錢養育我，這麼做可不是他顧慮敷子的心情。

對膝下無子的義雄來說，也許多少考慮過傳承香火的問題，但是日比野家的家世並不怎麼顯赫，這問題其實也沒那麼嚴重，所以撫養小孩只是稍微節個稅罷了。

於是三者可說利害關係一致。

我小學的時候，覺得這種作法聽起來就像賄賂、逃稅、甚至是帶有違法疑慮的詐欺行為。所以我不想與之扯上關係，或者說我認為不該搞懂，希望自己一點都不懂。所以當母親露出罕見的開心表情告訴我「其實妳不姓和治，姓日比野」時，我儘管坐在母親面前，還是裝作沒有聽到。

在小學低年級的兒童面前說些「戰犯」、「從軍」之類的詞，對小孩來說是非常恐怖的。每次我到外公家聚餐，一定會有老先生開口唱〈戰友〉，歌詞大概是「遠離故國數百里，天涯海角滿州國，火紅夕陽掛天邊」之類的。那首歌的旋律非常哀傷，我只要聽到「戰犯」、「從軍」之類的詞，就會想起這首歌。

所以我暗自認為這種「瞞騙」是不應該的，進而心想「其實我姓日比野」，「但是這個身分是靠瞞騙得來的」，總是抱持著強烈罪惡感。

＊＊＊

「小光的名條一定是快掉了，然後有人經過的時候把它弄破了，不知道怎麼辦，想著應該要把名條修好，才會貼上新的啦。」小美開始推理。

「可是……」

就算不小心撕掉了別人的名條，哪有小學生能在短時間內找到二班的黃色紙帶，又拿來油性麥克筆寫出一手好字，還拿得出糨糊將它貼在鞋櫃上？

「這是大人的筆跡喔。」

我想無論是六年級的大哥哥大姊姊，甚至是國中生都沒辦法寫出這麼好的字。用成人的觀點來解釋，這字不像稻邊老師那樣中規中矩沒特色，而是一種充滿美感的剛健筆跡。

「那一定是找家裡的人幫忙寫的啦。」

怎麼找？就算有學生在第一堂課之前不小心把名條弄掉，又怎麼能讓家人拿油性麥克筆把我的名字寫在二班的黃色紙條上，再用糨糊貼上我的鞋櫃？

小美的推理很彆腳，我想她自己也知道。

我想各位成年人都明白，小孩子好奇心旺盛，但是只有三分鐘熱度，沒兩下小美便已對「名條之謎」失了興趣了。

「也對，肯定是這樣沒錯。」

我也同意了這個彆腳的推理，畢竟我也是個小孩，一下已經膩了。

「小美，我要去把水倒掉，鐘聲響了，打掃時間結束了。」我指著水桶。

「真的，我們快去倒水。」

我們拿著水桶往洗手台走去。

＊　＊　＊

第三學期的三月，低年級的最後一堂課是音樂課。

低年級的音樂課通常不會使用音樂教室，而是在各班的教室授課。

「樹林迎來春天，脫下厚重冬衣。」

這是低年級最後一堂音樂課所唱的歌。明天的結業典禮過後，我們就是中年級了。

「各位同學，明天就是結業式，不必上課，但是有很多東西要帶回家喔。」稻邊老師說：「所以今天先把『窗邊櫃』裡的木琴帶回去吧。」

走廊的牆邊有個櫃子，大家都叫它窗邊櫃，木琴又大又重，所以一直都放在窗邊櫃裡。音樂教室裡沒有太多樂器，班上有七成同學自費購買無法敲出半音的簡易木琴。當時的小孩幾乎都有兄弟姊妹，所以大都是兄弟姊妹共用一台木琴。

木琴裝在專用的盒子裡，由於是從學校指定的教具店統一採購，所以盒子都一樣，大概是70公分×20公分×5公分的扁平形狀，貼合木琴的外型，以鉸鍊連接，可一百八十度大幅敞開。盒子的材質是合板，男生的是藍底白色大理石紋，女生版則是紅底白色大理石紋。琴盒都直立擺在窗邊櫃裡，可以輕易抽出來。

起立敬禮之後，我跟大家一起到走廊上的窗邊櫃去拿木琴。直立擺放的琴盒朝著走廊，五公分寬的這一面上，貼有稻邊老師寫給同學的黃色名條。

我盯著黃色名條，又想起鞋櫃上的名條。

由於琴盒可以對半打開，如果把名條貼滿這五公分寬，琴盒就打不開。所以老師貼的名條只有琴盒側邊的一半寬度，避免貼住開口。雖然紙條的黃色已經慢慢褪去，上頭老師那沒特色的漂亮字跡，依舊寫著我的名字（母親說是騙人的名字）。

「小光妳發什麼呆啊，我拿不到我的木琴了啦！」小美在我身後抱怨。

「啊，對不起。」我抽出自己的木琴。

「對了，妳等一下也留下來吧。老師剛才給我一張粉彩紙，〇子跟×子她們說要一起寫一張祝福的卡片，小光也來寫吧。」

「嗯。」

幾個女同學圍在課桌周圍，用鉛筆在漂亮的桃紅色粉彩紙上寫了些感謝老師的話。

「好，那就拿給老師吧。」小美輕輕捲起粉彩紙，小心避免弄皺，所以我左手幫小美提她的木琴，右手提著自己的木琴和鞋袋，和大家一起離開教室。

「啊，妳喔……」在走廊上，×子對我的右手使了個眼色。

「拖鞋明天還要穿耶。」

「啊，對喔。」

明天在體育館參加結業式還要用到拖鞋，我卻提早從家裡拿了鞋袋過來，打算經過出入口的時候順便把拖鞋帶回去呢。

「先放回教室吧。」

「她平時慢吞吞的，這種時候又特別心急。」〇子跟×子笑著說，我則轉身先回教室一趟，將鞋袋掛在自己的椅子上，再走出教室。

「那個鞋袋上畫的芭蕾舞者，還穿吉賽爾那種蓬蓬裙，好可愛喔。這麼可愛的鞋袋，哪裡買的啊？」

前往教職員辦公室的路上，×子猛誇我的鞋袋。

「別人送的。」

我父母雖都是公務員，但是要前往各自單位的外圍組織上班，所以工作時間又長又不規律，嬰兒時期我經常被托放在不同家庭，其中一家人送了我這個鞋袋。

「哇，什麼時候送的？」

「一年級的時候，慶祝我進小學。」

「是喔？好好喔！好好喔！」

小美聽到×子的話，也附和道：「×子升上三年級時，說不定也會有人送妳禮物啦。」

此話一出，走向教職員辦公室的女孩們心中冒起要升上「中年級」的擔憂。

「哎喲，好不想升三年級喔。」

「就是說啊。」

「真的。」

「中年級好討厭喔。」

大家都對升上中年級一事抱持否定情緒。

現在回想起來，不禁感到好笑，只是從小二升小三竟然也要煩惱。

大家並非真的不想升上中年級，只是感到緊張罷了。

那天我們打開教職員辦公室的門，門邊放著一只花瓶，瓶裡單插著一枝水仙花，花被攔腰折斷，那畫面我到現在還記憶猶新。

＊＊＊

隔天是三月二十四日。

結業典禮在體育館舉行，大家唱完校歌，校長致詞結束後，同學們回到教室，稻邊老師致詞後發回大家的畫作與作業，我通通用包袱巾包起來，提著鞋袋前往兒童出入口。

換上室外鞋後，我將拖鞋裝入印有芭蕾舞者的鞋袋。

「哎呀？」我不禁驚呼一聲。

這個被×子猛誇「好好喔！」的鞋袋，角落有個細長的透明塑膠框可以裝名條。當初送我鞋袋的那家人特地寫了我的名條放進去，每次看到那有點歪斜，特色十足的字跡，我就會想到那家人的動作很大，總是在家裡東碰西撞。然而此時我卻發現原本的紙條被抽掉，換上一張寫有我名字的新名條了。

（咦？咦？怎麼會？為什麼？）

早上還在嗎？發生了什麼事？是在我去體育館之前嗎？我一頭霧水又嚇得在腦中不斷回憶又暫停，暫停又回憶，但還是搞不懂。在上學到放學的這段時間內，我並沒有特地檢查鞋袋，但是至少在昨天放學時，紙條上依然是送禮人的筆跡。要把卡片送到教職員辦公室之前，我連忙轉身回教室將鞋袋掛回椅子上，當時還瞄到名條框一眼。

但在結業式結束後，卻換上新的名條，字跡相當工整。

（怎麼會這樣？怎麼會這樣……）

我想拿這張新名條去比對鞋櫃上的名條，但是來不及了，因為中年級會換鞋櫃，昨天大掃除的時候，大家已經撕下自己的舊名條了。

我站著發愣，沒辦法找任何人討論，同班同學都回家了，而結業式結束之後，稻邊老師也不再是我的班導師。

搞不懂。

我這個小學生真的搞不懂。究竟搞不懂什麼呢？最搞不懂的，就是不懂該怎麼解釋這個搞不懂。

（怎麼會？）

名條不會自動更新，一定是有人特地換新的，這是為什麼？

換了名條並不會造成我的困擾，所以我才搞不懂，這個人為什麼要這麼做。

（為什麼要換？）

我走路回家，一路上恍惚失神。

太陽下山的時候，母親回到家，我指著鞋袋上的名條框，告訴她裡面的名條被換掉了。

「嗯，好像是換了。」母親只是這麼說。

我沒給父親看，心想父親就算看了，反應應該也和母親一樣吧。

＊　＊　＊

春假期間，我每天都花很多時間在看書，看的是偕成社出版的《偵探福爾摩斯系列》。

為什麼名條會換新？是誰做了這件事？又是為了什麼？我以為，讀了名偵探的故事或許就能推敲出完美的推理，但是當然不可能，最後我還是毫無線索。

我一開始是為了名條之謎而讀福爾摩斯，卻不知不覺成為福爾摩斯迷，簡直到了廢寢忘食的地步。

當時我幾乎一天看完一本，要說完全不在乎犯人是誰有點誇張，但犯人確實不是我最關心的，氣氛才是重點。我看的是兒童改編版，但就像所有福爾摩斯的故事一樣，書中最迷人的就是當年馬車奔馳在倫敦大街的那股氣氛。

由於我每天埋首書中，自然學會了舊時代偵探小說找犯人的訣竅，最不可能的人就是犯人。

「犯人……」

春假期間，沉迷於福爾摩斯系列的我，好幾次就像打瞌睡途中驚醒過來一樣，從霧都倫敦跌回現實世界，想起鞋櫃與鞋袋上的名條。

「犯人究竟是誰？」究竟是誰做了這種事，又為什麼要做這種事？何時做的？此時我開始把換名條的人稱為「犯人」。

每次一想，眼前便浮現空無一人的陰暗校舍、空無一人的陰暗教室、兒童出入口……

我曾經看過那個景象。前一任工友跟那對送我芭蕾舞者鞋袋的夫妻是朋友，某天，那對夫妻中的先生要拿某樣東西送給工友，我在玄關對他說：「我要一起去」，聲音莫名響亮。那位先生騎的是速克達機車，我就坐上車和他一起過去。

當時是深夜啊……直到最近我還是這麼想，但是仔細想想，送東西不可能選在深夜，或許當時太陽下山得早，小孩子就覺得是深夜了。

我第一次在黑漆漆的天色之下來到學校，刷著白色油漆的校舍在我眼中顯得比平時更大，更高，更雄偉。

出入口很暗，工友正在檢查暖爐熄火了沒，我跟那位先生一起走進學校，深夜裡空無一人的教室鴉雀無聲。

都是因為這段記憶，一想到犯人的行為我就感到害怕。

犯人若是趁著半夜換掉我的鞋櫃名條和鞋袋名條，那麼……我想像有人半夜蹲在出入口，在鞋櫃的狹窄邊框上貼名條或是在深夜的教室裡，從鞋袋小小的名牌裡偷偷抽出名條，然後將事先寫好的名條插進去……深夜裡的學校，一片漆黑的出入口看起來就像夜裡的猛獸張開血盆大口，教室靜得就像野獸吞沒了獵物，如果犯人能在這種環境下若無其事地進行這麼精巧的行動，我真的很害怕。

我怕得決定放棄思考，不去想名條，也不去想犯人。

＊　＊　＊

讀了《福爾摩斯系列》讓我收穫良多。看到福爾摩斯認識華生的情節，讓我比以前更積極與人交流。我花了兩個禮拜浸淫在福爾摩斯的世界裡，帶給我彷彿遠行到倫敦一趟的心靈效果。

○子、×子和小美她們先前一直說中年級不好不好，但是真的升上來後，反而沒人抱怨，遠比低年期開心的生活就此揭開序幕。

影響最大的，或許是來自班導須田顯彰老師的為人。須田老師是個學識豐富的和尚，講話非常有趣，班上同學都喜歡和老師說話，無論上課時間、午餐或打掃時，大家常常都在捧腹大笑。

須田老師是一位男老師，音樂課與家政課就由女老師來上課。法律並沒有特別規定，不過當時縣內其他小學也一樣，只要有男老師當班導師，音樂課跟家政課通常就會由其他科任女老師來上課。

所以每到音樂課，我們就會前往設有風琴的低年級教室。須田老師班上的音樂課，是由稻邊老師負責。

* * *

第三次換名條事件發生了。

那是小學三年級，十月初某一天的音樂課。

當時全班正在為發表會做準備，時值秋季，十月底學校會舉辦中年級的學習發表會，班上同學有一半要唱歌，剩下的人吹口琴與敲木琴。我負責敲木琴，於是又要將木琴擺在走廊的櫃子裡。

「木琴組的同學把木琴搬來搬去實在太累，在學習發表會結束之前，就把木琴放在窗邊櫃裡吧，反正現在空著呢。」

稻邊老師如此吩咐，我想聰明的您應該猜得到，就是木琴的名條發生了變化。

十月的某一天，我走進低年級教室，先將音樂課本放在桌上，再前往走廊拿木琴的時候，同為木琴組的美和雪子（就是小美）幫我拿了我的木琴過來。

「小光拿去，我幫妳拿了。」

「感激不盡啊。」我學電視上古裝劇的武士鞠躬。看我能開這樣的玩笑，就知道我升上中年級之後更懂得交際了。

「好了，大家快點就位，不要浪費時間。歌唱組上前，樂器組做好準備。」

稻邊老師拍手催促大家。我以前看過稻邊老師前一秒還開心地說「ＯＫ沒問題」，下一秒突然翻臉發火的樣子，所以心急地想打開木琴盒，可是卻打不開。

「咦？」我檢查琴盒鎖，確實已經開了。

「怎麼了？」小美問我。

「打不開。」

「打不開？」

小美將臉貼近我的木琴盒，我也湊上前仔細看。

原來名條被換過了，上面是我的名字，字跡看得出是成年人以粗黑的麥克筆所寫，就好像剛寫下的那樣油亮。

名條還是稻邊老師為我們貼的那種黃色紙條，但是變寬了一點，也比較厚，緊緊地貼住了琴盒開關的縫隙，所以才會打不開。

「老師，我的琴盒打不開。」

我已經不像低年級那樣靦腆，立刻就拿著木琴盒前往講桌給老師看。但我並不煩惱打不開的問題，而是希望讓老師這樣的大人來看看名條之謎。

「有人偷貼的。」我告訴老師。

「這……」稻邊老師把臉貼近我指的地方，仔細瞧了一番。

「不行啊，像這樣從這邊貼到這邊，整個貼住就會打不開啊。」

稻邊老師用右手小拇指勾住名條，她的右小指指甲留得特別長。

「怎麼會有人貼成這樣呢？」

我心裡莫名期待，這位成熟又偉大的老師，究竟會給我怎麼樣的「名推理」呢？

「這樣就可以開了。」

結果稻邊老師只是用她留長的小指指甲慢慢摳開紙條邊角，然後一把撕開。

「這樣就能開了。不要為了這點小事拖拖拉拉，快回位子上準備。」

琴盒五公分寬的側邊還留著不少糨糊的痕跡，我大為錯愕，不僅是稻邊先生有些不耐煩的表情，更因為老師並沒有幫我解開謎團，且她對不同的名條毫無興趣。

（看來依我講話的方式，無論講什麼，對方都聽不進去。）

回到位子上之後，我恍如大夢初醒。

（果然還是不行啊。）

我還高興地自認社交本領有所進步，結果只適用於小美這種好孩子，實際上我的說話方式或行為還是不夠好，這讓我十分喪氣。

「好，那我要努力練習說話的氣勢，練到聲音像在山裡喊回音一樣大聲！」可惜這種百折不撓、正面思考的能力，無論我怎麼鍛鍊追求，都只會從指縫間流逝。一旦喪氣了，我就想起父母平時常說的，毒素會從鼻子侵入，漸漸毒害腦袋，嚇得我拿琴槌的手不斷發抖。

我知道自己只要心跳加速、雙手發抖，腋下就會猛冒汗，我偷偷伸手摸腋下，發現即使現在是涼爽的秋天，我的格紋毛襯衫腋下卻溼透了。

（怎麼辦呢？）

我不知道該怎麼辦，就只是一直想著該怎麼辦，假裝揮動琴槌，卻沒有打在琴鍵上，就這麼混過音樂課。

第三次換名條的震撼，加上對自己的失望，讓我覺得自己就像廢物。

「朝陽明亮，充滿希望……」

班上同學就在我面前唱著歌，我卻覺得自己非常孤單。

＊　＊　＊

（被偷）換名條事件就只有這三次。

雖然我灰心喪氣，卻完全沒有影響學藝發表會，活動順利結束。

紅葉落盡，北風吹起，Q站前窮酸的商店街張燈結綵，準備進行耶誕大特賣。

「第二學期要結束了，大家把木琴帶回去吧。」學期末的音樂課結束後，稻邊老師說。

大家紛紛從窗邊櫃抽出自己的木琴。

「好高興喔，美和雪子同學、〇〇同學跟××同學，你們到了須田老師的班上，木琴盒上還是貼著老師寫的名條啊。」

稻邊先生走上前來，笑盈盈地說。

「好棒好棒，升上中年級後變得更棒了喔。珍惜別人為你們貼的名條，就是愛惜物品，有責任心的好孩子。」

無論這些同學以前是不是稻邊老師班上的學生，老師都依序摸摸大家的頭。

「你們看，像她的名條就破破爛爛了。」

然後她指著我這麼說。

* * *

我想說的到此為止。

這要說是疑團，又有點太誇大了。

兒童時期對我來說已經是「以前的事」，現在的我或許也像稻邊老師一樣，明明是自己撕破了別人的名條卻立刻忘了有這回事。

但是這一連串的名條事件，我到現在依舊忘不掉，仍覺得莫名其妙。

我知道這件事無關緊要，沒有非解開不可的必要，而且時過境遷，想解決也解決不了。

只希望貴報承辦人，能夠幫我「推理」就好。

究竟是誰，又是為了什麼，要替我換上新名條？

順頌　時祺

換名條事件，其回答

您好：

這件事實在不可思議，我反覆讀信多次（尤其針對名條更換的部分），還是感到詭譎難解。

我認為換名條的犯人是跟您同年級的人，可能是跟您不甚親近的同學，為了更加親近您才會這麼做吧。……

＊　＊　＊

我收到寫給我的一份「回答」，我先看信封背面的寄件者，並不認識「兒玉幸子」這個人，但看到信封正面的地址是「文容堂」就懂了。信封正面還用紅墨水寫了大大的「回答」二字。

「咦，真的回信了？」

真的收到回信卻驚慌失措，我還真是矛盾。

前幾天我回到住處，坐到書桌前，隔天正好放假不用上班，我就一直寫個不停，一發不可收拾。

我寫得無比專注，連飯都忘了吃，不僅寫到天亮，還寫到日上三竿。

我將信寄給《城北新報》的「說來聽聽好嗎？」，但是新報已經不存在，我也沒想過投稿之後會怎樣，就只是想寫出來而已。

稻邊老師不過兩個月，就忘了自己親手撕破的名條，而我與文容堂的老闆根本沒有什麼印象深刻的交流，相隔幾十年後重逢，他卻像是穿越時空一樣把我記得一清二楚。這讓我感慨萬千，敲打鍵盤時記憶如水壩潰堤，往事接連浮現。

我寫完後不曾回頭檢視，就直接列印出來裝進信封，根據買書拿到的收據，在收件人欄位寫上文容堂的地址。然後我起身出門，將信投入朝陽下的郵筒中。應該是徹夜未眠所造成的亢奮效果吧。

把信寄出去之後我回家倒頭就睡，一睡醒就後悔莫及，羞愧難耐，心想：我幹了蠢事。

然而過了一天，我又想，對方肯定將信扔了。信封上寫著「城北新報．說來聽聽好嗎 承辦人收」。這封書信又臭又長，收件者又是一份已經不存在的報紙，無論是誰拆封，肯定都會以為搞錯對象，只看一眼就扔進垃圾桶吧。

然而這位兒玉幸子竟然回了信，令我驚慌失措。

兒玉幸子是文容堂的什麼人？文容堂還是兼賣麵包的書店時，確實有三個人輪流看店，我記得是婆婆、老伯、他們的親戚三人。婆婆跟老伯是母子，親戚是位太太，偶爾會來幫忙。其中老伯就是兒玉清人先生，清人先生對偶爾來店裡幫忙的太太都說敬語，但是婦人對清人先生的措辭比較隨意，所以我認為太太並不是員工，應該是親戚什麼的。

＊＊＊

……根據我的推理，做了這件事情的人，多半是想與您更加親近，卻不知道如何是好，只好以更換名條來吸引您的注意。

話說回來，聽我先生（入贅的丈夫）說起您相隔多年再次上門光臨。我也記得您，每次《城北新報》要貼上新的一期，您總是替我們壓著邊角、遞圖釘，幫各種小忙。當時您把圖釘稱作「壓頭針」，聽得我一頭霧水卻印象深刻。雖然稍微離題了，但這也讓我想到您信中說的「拖鞋」，在我們這裡的說法是「室內鞋」。當時我的小兒子年紀還小，大兒子也還要人照料，書店跟家裡的事情都交給家母和先生處理，《城北新報》絕大部分則由我親手謄寫，實在令人懷念，當時健康開朗的家母已於前年仙逝，小店雖然破落，還望您能再次光臨。

兒玉幸子

＊　＊　＊

原來當時那個偶爾來幫忙的就是幸子女士，婆婆是幸子女士的母親，老伯清人先生則是入贅女婿。

信裡說那位婆婆前年過世了，她的長相我還記得一清二楚——老是穿著白圍裙，拿撢子打理商品，也經常和上門買東西的小學生聊天。

她總是在聊天時提供小學生各種建議，比方說這個誰拿橡皮擦丟人，那個誰不肯把漫畫還來，簡直就像「說來聽聽好嗎？」的小小現場版。我在旁總是嫉妒又羨慕，渴望擁有這樣的奶奶或母親。現在想想，難怪老闆的態度那麼淡然，當時我還以為穿圍裙的婆婆是清人先生的母親。幸子女士被母親教得開朗又貼心，為人妻母後想必依然不變，她那強而有力的字跡，再次讓我羨慕不已。

「聽得我一頭霧水卻印象深刻。」

幸子女士不只用詞文雅，還貼心地在「幸子」二字旁邊加註假名拼音，而且拼音寫得跟「幸子」二字同等大小。看得我會心一笑。感覺就像某個故事的主角，是那種「有點迷糊，笑口常開，心地善良的主角」。

「根據我的推理，做這件事情的人，應該是想與您更加親近，卻不知道如何是好，只好以更換名條來吸引您的注意。」

事件發生當時，小美的姊姊也說過跟幸子女士相同的推理。

小美雖然一下對換名條事件失去興趣，但是晚上在家又想了起來，跑去告訴她姊姊。小美姊姊回答的內容當然比幸子女士的文筆要稚嫩許多，但意思相同。

如果同班同學想跟我親近，我當然開心，但是這無法解釋小學二年級的孩子要怎麼拿到黃色紙條，還寫上工整的字體並將之換上。

「一定是拜託自己的姊姊來寫啦。」小美這麼說，當時的我也說服自己，應該就是這樣。小美的姊姊大她五歲，當時是國中生，對小美來說已經非常成熟了。所以她認為成熟的姊姊寫起字來，即使筆跡與稻邊老師不同，應該也是差不多漂亮。但是成年人的字跡終究與小孩不同，新名條上的字跡，可說是剛健又美觀；再說要是小學生拜託兄姊：「買個黃色紙條給我吧」、「幫我寫個和治光世吧」，想必也會被問：「為什麼要做這些事？」那這個同學會回答：「我希望跟她變好朋友」嗎？就算真的這樣回答，能夠寫出這樣一手好字的年長兄姊，甚至是父母，應該會告訴年幼的孩子，這樣做並沒有幫助吧？

我接著拿出信封裡更厚實、用釘書針釘好的一疊信紙來讀。

＊　＊　＊

讓我從「回答」開始寫起吧。

我和內人看了您的投稿，一時目瞪口呆。從您的名字「光世」中單獨挑出「光」字成為小名小光，我個人也頗為喜歡，因此斗膽稱呼您為光小姐。光小姐多次重申，名條事件是一件微不足道的小事，然而太過離奇，讓您難以釋懷。

究竟是誰，又為何要這麼做？

如此的陳年往事，如今已無法得知真相，我也只能臆測。即使如此，我依舊想提供，或者說送上一份光小姐能夠接受的「回答」。

《城北新報》固然已經停刊，但為了採納男女老少各種不同觀點，在隱瞞光小姐大名與地址的前提下，我找上辦報當時的六名舊識，絞盡腦汁討論出一個最好的回答。

真是離奇。所有人都異口同聲地說，這可真是離奇。

所有人天馬行空地揣測答案，最後的結論都指出犯人（在此用這個稱呼有些驚悚）是個孩子，指的就是當時與光小姐同班的同學。

但是謎題依舊難解，一個孩子如何能寫出一手好字，又好好貼上紙條？

因此只有我一人主張犯人＝成年人。

＊　＊　＊

文容堂老闆兒玉清人先生的「回答」多到要用釘書針釘起來，我看到這裡突然就像走進了建築工地的樣品屋一樣，感覺一陣恍惚。

樣品屋——我沒有買房的計畫，甚至壓根沒想過要買房，卻非常迷樣品屋。

小學時去過大城市一趟，第一次走進樣品屋，我就陶醉出神。從那天起，我只要發現樣品屋就會進去參觀。不是路上閒逛時偶然發現，我會特意查找樣品屋資訊，並趁放假時好好逛個夠。

樣品屋。

我一走進去就溼了眼眶。

只是走進樣品屋，彷彿就見到我朝思暮想，夢寐以求的家庭，裡面有愛笑的母親，還有不會大吼大叫的父親。或者有個稍微糊塗的父親，配上精明俐落又愛照顧父親的母親。

只有在樣品屋裡，我會以為自己是幸福家庭的小孩，不必煩惱呼吸了毒氣，或者頭髮臭不臭。

幸子女士與清人先生兩位的回答，便給了我這麼一種樣品屋般的恍惚幸福感。

＊　＊　＊

……我一開始主張「犯人＝老師」。

倒不是常去拜訪您外公家的小坪主任或星野老師，而是別的老師。

在Q市這樣容易外洩個資的環境下，這個人可能了解令尊的背景（戰犯云云）與令堂家族的錯綜複雜（戶籍與姓氏等等），並擔心光小姐為此心煩。

這個人可能也認為稻邊老師不適合擔任低年級學生的班導師。（岔開話題一下，光小姐喜愛的筆者之一長谷川博一先生，他兒子對稻邊老師的評價是「讓人火大」，這點我也同意。）

總之，這位人士希望遠遠地為您打氣，才將稻邊老師寫在鞋櫃與木琴盒上的名條，以及芭蕾舞者鞋袋上的名牌（誤以為也是稻邊老師所寫），全都換成自己親手寫的。

當我推論「犯人＝老師」，就突然產生以上想法。但是仔細一想，這嚴格說來也算不上是給小學生打氣，因此我後來認為這不是打氣，而是有點（不，重度）戀童的成年人奇特的愛意表現。畢竟當時除了教職員之外的成年人要進出小學比現在自由許多。然而這個說法還是有瑕疵，無論是要打氣還是表達愛意，更換名條這種事實在太沒意義，我不認為能讓行為者感到滿足。

令堂操作戶籍的行為，應該能讓令堂本人感到滿足（雖然誠如光小姐所說，此事影響並不大）。我改姓兒玉的時候，家父也感到十分遺憾，因此我能體會令堂的心情。

至於戀童的說法，重點在於行為者是否感到滿足。或許犯人透過獲取目標的物品來感到滿足，只要更新鞋櫃上的名條，就能藉機撕走舊名條。我想兇手可能也透過換掉室內鞋袋的名牌再度取得舊名條，到了木琴盒這次，他也照樣撕走了舊名條。或者是犯人透過寫新名條，讓他所關注的對象——您拿著自己所寫的名條而感到滿足？這個說法也不是沒有可能。

然而更進一步去想，我最終的結論仍是「犯人＝手上有紙條的孩子」。

＊＊＊

「手上有紙條的孩子……」

看到這裡我有如醍醐灌頂。這幾十年來，我一直以為犯人是先撕掉名條，再去哪裡找來新的紙條，這時才發現順序是有可能相反的。

＊＊＊

……由於小店也販賣文具，我才有這樣的念頭。在那個年代，紙條確實頻繁用在裝飾等各種用途，假設某位同學的某位家人，因為某種需求買了一捲紙條，最後用剩了，這位同學就成了「手邊本來就有紙條」的孩子，我將他稱為X同學。

X同學一直遠遠地仰慕著同班的光小姐，而X同學仰慕您的原因，放到該同學身上，可能變成討厭自己的理由。假設X同學是這麼想的，那麼他的心裡除了仰慕還會產生憤怒，所謂愛恨一體就是如此。

某天，在某個機緣之下，X同學對光小姐的行為或發言產生反感，或許不是因為光小姐對X同學表達惡意，而是X同學本來就對光小姐愛恨交加，才會輕易被一些小事刺激。

X同學心生反感，忍不住撕掉了光小姐鞋櫃上的名條，但是撕下之後立刻悔不當初，心想要補救回來，因此找個藉口欺瞞父親或母親，說打掃時間不小心弄破了同學的名條，希望父母用家裡的黃色紙條重新寫過；隔天攜帶糨糊早早上學，趁著沒人發現的時候貼上新名條。當下X同學確實深切反省，然而小學生年紀尚輕，下次碰到光小姐的某些言行又做出相同反應，事後也如法炮製。

我不確定這位X同學是男生還是女生，對小學低年級的孩子來說，心中對同性的仰慕，以及對異性的好感，皆來自同一個源頭。……

＊ ＊ ＊

我不禁停下來思考。

無論犯人是個戀童癖還是手邊有紙條的孩子，或許都不是真相。但是這兩種說法，我多少都能夠理解。既然已經無法得知真相，去想像一個可以接受的結果，我也總算……該怎麼說才好呢？總算有種把心中髒污擦拭乾淨的感覺。就像一直想清理某個櫃子，最後總算清理乾淨的心情。

＊　＊　＊

……前幾天匆匆見到光小姐，時間雖短，久違重逢依然令我開心。

《城北新報》之起源，是本店旁邊一所國中的保健室老師向內人提及，希望有個平台能夠讓學生可隨口（輕鬆無負擔地）說出自己的煩惱。這位老師是內人的兒時玩伴。

要是將這樣的平台貼在校內，學生們可能會在意學校、老師而不敢說出真心話。經過討論，認為文容堂對面有間小學，應該是個適當的地點。剛開始只是老師聽小孩講述煩惱，將回答寫在一張便條紙上。但是便條紙面積太小，才由內人謄寫在更大的紙上。

身為保健室老師的那位友人，以及我等的朋友偶爾也會發表自己的感想，大家會將感想寫下帶來寒舍，由我等不定期謄寫張貼。

可惜我等並不清楚「說來聽聽好嗎？」專欄對孩子們有多大幫助，而在那個網路不發達的年代，朋友們的感想不過也就是類似今日部落客程度的文章罷了。

該報僅是謄寫在普通白紙上，不花多少經費，貼了也不礙事。

當時小店附近有不少較大的民宅，供自家遠房親戚的大學生投宿，因此店內也有部分青年顧客。其中難得有位大學生總是專心閱讀《城北新報》（甚至到現在還記得長谷川博一這個名字），我等對這位學生也是印象深刻，直至今日才得知光小姐的大名，光小姐容貌與當時相去無幾，我等一眼就認出來了。

得知光小姐別來無恙，甚是開心。

如您所見，小店已改建為樓房，賣書事業門可羅雀，等同於我個人的書房，因此您不須特地消費。誠如我當天所說，歡迎您再度光臨。

兒玉清人

* * *

看完這封信，我跌坐在地板上久久不能起來，十多張的「回答」就在我腿上一一攤開。

恐怖昆蟲館

抱歉前幾天與您講了那麼久的電話。我一時衝動寄出了那份投稿，卻收到這麼用心的回答，令我十分感激。真是抱歉，雖然您要我別再說抱歉了。抱歉，我重來一次，我要重新投稿《城北新報》的那個專欄。

敬啟者：

今天要直接述說家中那個至今難解之謎。

我家在縣內搬遷多次，最後在Q市買了土地蓋房子。小鎮的居民多是農家，我還在念小學的時候，市內民宅很少是有鋼筋水泥建築。

「可以跟爸爸媽媽一起住在這種鋼筋水泥的大房子裡，真是太好囉。」送我印著芭蕾舞者鞋袋的夫妻，在慶祝我入學的時候對我這麼說。

「在這種鋼筋水泥的大房子裡都可以跑步了，可惜妳體育不太行啊。」也有些說話直白的同學對我這麼說。我本來就反應遲鈍，聽了也沒怎麼不開心，反而覺得鋼筋水泥相當引人注目，別人這樣講是出於他們的嫉妒或羨慕。從外面看來，或許覺得房子很大，但是事實上對住在裡面的人來說，這房子好小，而且好可怕。

這可不是比喻。上次關於名條事件的投稿中，我描述父母就像一對陰錯陽差之下硬湊在一起的夫妻，而此次投稿說房子小，是真的指這棟房子很小。

無論動線、採光、通風、排水，所有格局考慮都欠周詳，再加上屋裡到處堆滿雜物，擠得簡直沒辦法住人。

這房子除了擁擠之外，還有一大堆的蟲子出沒，蜈蚣、蚰蜒、蟑螂、蚊子、虻蟲、蒼蠅、蚯蚓、蜘蛛……說這些蟲子在家裡到處爬，真的不誇張。

翻開棉被想睡覺，可能就會看到三隻蚰蜒在棉被裡扭動細長的腳；

坐在書桌前翻開筆記本，蜘蛛就爬到白紙上面；

在學校打開書包，搞不好就有隻虻蟲飛出來；

睡到半夜腳忽然一痛，一隻長滿硬毛的毛毛蟲趴在我大腿內側。

手帕、上衣、毛巾，無論洗過還是換新，都會沾上蟑螂卵，所以得隨時檢查。在都市長大的人可能沒見過蟑螂卵，它看起來很像紅豆，所以我每次看見紅豆湯或紅豆飯，都會想到蟑螂。

這房子實在太噁心、太恐怖，到底為何會有那麼多蟲子呢？待在屋裡，所到之處全都是蟲蟲蟲蟲蟲。

如上次投稿所說，我曾經寄宿在不同家庭，住過許多地方。所有收留過我的家庭都不像這樣。而且，收留我的家庭全都是同一個縣的人，地理因素的影響應該不會太大。

這麼說來，那間房子是「蟲點」嗎？蟲點是我自創的詞，有些地方明明不是沼澤或溼地，但就是容易積起一灘水，或許我父母所買的土地就像這樣，特別容易聚集昆蟲。又或者是房屋排水設計不良，創造出適合昆蟲棲息的環境也說不定。

無論是地質、生物或者建築設計的原因，總之我小學的時候，不對，直到國高中，我對節肢動物的外型以及那驚人的數量，總是怕得發抖。

另外還有種不算蟲的生物數量也很多，那就是蛇。許多人都誇：「院子裡有好多大樹，好棒啊。」但我走在院子裡總是心驚膽跳。

比如說，父母傍晚的時候叫我去院子裡採山櫻桃，哎呀，怎麼有條紅橘相間的彩帶被風吹到地上了？仔細一看，是條滑溜的蛇。

玫瑰、櫸樹、水仙、尤加利樹……我家院子裡種了許多花草樹木。父親的寢室旁邊種了枇杷樹，陽台上攀著葡萄藤。有人這麼批評枇杷與葡萄：

「病人的呻吟聲會把枇杷養肥。」

「葡萄藤會讓你家破人亡。」

父母經常工作晚歸，小時候我總是自己在門前院子裡玩球，這些人雖然這樣說，應該也只是些沒有什麼惡意的迷信，但是「病人的呻吟聲」、「家破人亡」聽起來還是很不舒服，令我更加恐懼。

我不確定非科學的迷信在小孩心裡造成的恐懼會持續到何時，但我小學時確實不斷受到這些說法影響。

鎮上某位仕紳的太太長得很像我在牙醫候診室翻雜誌時看到的舊時代女明星，所以我都稱呼她高峰三枝子夫人（未經授權）。

某天，我到校長室要傳話給班導須田顯彰老師，剛好看到高峰三枝子夫人在裡面與校長說話。

「哎呀，妳就是……」

高峰三枝子夫人的千金年紀與我相近，我多次到她府上去玩，所以夫人認得我，我也向她鞠躬。

「妳家裡種了葡萄對吧？」

夫人突然提起我家裡的葡萄，看來剛才跟校長在聊花草樹木。

「是。」

「家裡種葡萄樹可不好，要是家裡種了葡萄，葡萄藤會把家中孩子的能力……說能力妳可能不懂，總之葡萄藤會把妳厲害的地方給綁住，原本聰明的小孩會變笨，成績也會變差喔。」

除了這次之外，我再也沒有聽過其他人說得這麼肯定，但是多年之後好像又在書上看過，或者聽誰說過類似的事情。我想高峰三枝子夫人也是在哪裡聽誰說過，模模糊糊卻深信不疑，當時才會說給我聽。

「妳回家之後，要請家人把葡萄樹砍掉喔。」

「……好。」

夫人的妝化得好漂亮好漂亮，她總是把自己打扮得那麼漂亮，那天去校長室的時候，妝容與身上的和服比平常更美。高貴漂亮的高峰三枝子夫人這麼一說，我臉色鐵青地離開校長室。

心臟跳個不停。

（原來如此，原來葡萄會讓我的頭腦不好，讓我的成績不好啊……）

我不禁點頭同意。地點在校長室，對我說的人又是高峰三枝子夫人，我想，母親不時對我說的話終於得到驗證了。

母親經常對我說：「我生妳的時候年紀太大了，所以遺傳得很差。要是我早點生妳，妳的腦袋也會遺傳得比較好，但是生妳生得太晚了，所以都遺傳到糟糕的基因。」

母親在當時算是晚婚的職業婦女，也很晚才生下我，或許是第一胎的惶恐，讓她不知道從哪裡聽來這個不清不楚的老舊知識。要不然就是外婆考慮到女兒敷子的心情，才告訴敷子上一個世代的說法。我不知道真正的原因是什麼，總之敷子對自己的女兒（我）說「妳生得晚所以遺傳得很差」是沒有惡意的。

我不是到了這個年紀才這麼想，而是從還在小學時就有這種感覺——我想母親沒有惡意，我也不覺得高峰三枝子夫人對我有惡意。

只是我還是個孩子，大人說的話都是真理，講述真理的過程本身也是一種真理。所以就算說話的大人沒有惡意，我還是感到相當恐懼。

我遺傳得很差，所以腦袋不好；家裡種了葡萄，所以我成績不好。我從小就聽人說著這些咒語一樣的話語，於是厭惡起自己腦袋糟、成績差，就好像滴水久了可以穿石，慢慢地，慢慢地，愈穿愈深。

＊　＊　＊

母親經常把人比喻成蛞蝓。

我小學時曾保過第百人壽保險，第百小姐（保險業務員）會定期來收取保險金。我家的第百小姐看來四十多歲，跑外務的業務員之中，很少有這種文靜、纖細、瘦弱的人。我用不知道在哪裡學到的「孱弱」一詞來形容這位小姐，但是母親卻將人家比喻成蛞蝓。

「不是嗎？我看她老是垂頭喪氣，就像蛞蝓一樣啊。」

除了第百小姐，母親還把其他女性說成蛞蝓，那就是松浦小姐。

我很嚮往松浦小姐那樣的生活，所以非常喜歡去松浦小姐家。松浦小姐當時的工作是製作西服。

現代人認為只有金字塔頂端的有錢人才能夠向人訂製一套獨一無二的西裝，但是以前有很多服裝師傅在家工作，以客人自備的布料做成西服或和服，而上門訂做衣服的客人也都是一般百姓，算不上稀奇。

松浦小姐的家與我家那棟水泥建築剛好相反，面積雖小卻整理得一塵不染，沒有蟲子，是乾乾淨淨的。

她家的玄關掃得很乾淨，還有定時灑水裝置，門前掛著櫻花花紋的紙條，上面用優雅的行書寫著「御仕立」。行書的「御仕立」看在不認識幾個漢字的小孩眼裡很像平假名的「ゆにち」，所以我佩服地想：「哇，做松浦小姐這一行的人都叫『ゆにち』，卻念成『おしたて』啊」[1]。我每次去松浦小姐家量尺寸，心裡總是懇切希望：「我長大要變得跟松浦小姐一樣。」

老師總是在聯絡簿上提醒我「要更開朗」、「聲音太小」，我當時認為所謂的「開朗」就是「喜歡上體育課」，而松浦小姐就算討厭體育課，聲音細小，還是可以獨自住在小房子裡，支配自己的時間，靠自己工作維生，這是我理想中的未來願景，那間文化住宅風[2]的小房子，在我眼裡真是美麗無比。

我嚮往著松浦小姐的生活，她簡直就是典型過著水車小屋式生活的人。

世上總有些人喜歡隱居在河邊的小屋過日子，就像日本的鴨長明或芬蘭的朵貝・楊笙。這些人以最少的家當與最簡單的人際關係生活，只要是嚮往這種人生的人，我（長大之後）都將之歸類為「水車小屋型人」。

松浦小姐的生活對我來說，就是理想的「水車小屋式生活」，但是母親卻將這位松浦小姐比喻為蛞蝓。

「她的手就像蛞蝓一樣柔軟，所以擅長裁縫，肯定是個情婦。」

小學低年級生並不知道什麼是情婦，所以我問母親：「情婦是什麼？」

母親回答：「不太好的事情啦……意思是她光靠製作服裝，賺不了那麼多錢的。」

於是我認為情婦就是經濟不寬裕的人。

沒過多久，我在小學館的學生教育雜誌上看到一格漫畫：一隻鸚鵡喊著「阿瀧姊[3]」。我擅自解讀為，松浦小姐一個人住，想養鸚鵡陪自己聊天，但是Q市只有一家「小和田寵物店」賣鸚鵡，如果要到大城市的寵物店買，光靠訂製服裝的收入也買不起，所以她只好養鸚哥來代替鸚鵡。

真好笑，小時候很多事情回想起來都很好笑。小孩的知識不像大人那麼豐富，會把貧乏的知識東拼西湊成自己想要的答案。阿瀧姊的發音跟情婦很像，所以我認為昂貴的鸚鵡會喊「阿瀧姊」，比鸚鵡便宜的鸚哥就喊「情婦」了。就算松浦小姐的收入買不起鸚鵡，還是不影響我對她的生活之嚮往。

---

1 「御仕立」平假名寫作「おしたて」(oshitate)，為裁縫之意。

2 近畿地區於一九五〇至一九六〇年代流行的集合住宅，格局採和洋折衷，特徵是進門後的玄關旁為西式設計的客廳。

3 讀音為おたけさん(otakesan)，昭和初期日人誤以為外來的鸚鵡與九官鳥都這麼喊，此處的發音與情婦（おてかけさん，otekakesan）近似。

松浦小姐過著讓我百般憧憬的人生。

「輾啪啪的，跟蛞蝓一樣。」

母親訂了衣服之後卻這麼說松浦小姐。

不知道「輾啪啪」算不算方言，我從未聽過同縣或是鄰近其他縣市的人這麼說過。父親不這麼說，母親的親戚不這麼說，我也不這麼說。

母親在炒洋蔥的時候會說：「已經炒軟啦，把火熄了。」所以輾啪啪應該不是軟趴趴，她只有說人像蛞蝓的時候，才會像枕詞[4]一樣說輾啪啪。

「像是輾啪啪的蛞蝓」這個形容是不分男女的，除了身邊的熟人之外，她也會說電視上的人像蛞蝓。

比方說某個有錢人家的少爺上了電視，還有個大特寫，她就會指著映像管喂嘿嘿地笑說這個人像隻蛞蝓。她笑得有點猶豫，又有點怯懦，如果有人邊笑邊隱瞞自己心裡的厭惡，就會發出這種詭異的笑聲。母親經常發出這樣的笑聲，因為母親總是灰心喪志，這部分我之後會說明。

當母親說哪個人像蛞蝓，她心裡就會出現厭惡、反感這些負面情緒，但我能確實感受到她心中同時也品味著某種愉悅。這不是我成年之後分析得出的結果，而是小孩當下的直覺。我無法解釋清楚，可是感覺得出來。

「妳就像隻蛞蝓。」聽到母親也這麼說我，我並不會對母親產生強烈的憤怒，無論當時或現在都一樣。當然也不會開心，不過每個人都有這種陰險的樂趣，連我自己也有，所以我不會因為母親有就覺得過分。我現在能這樣解釋清楚，小時候只是隱約這麼覺得，因此無論母親說我，或者說別人像隻蛞蝓，我都當成耳邊風。

我這麼說，您可能會覺得我像個過度乖巧、裝模作樣的好孩子，但這些都是我的真心話。

怎麼說呢，我所知道的母親自我懂事以來，大概四、五歲起吧，幾乎無時無刻都在灰心喪志，實在可憐。

一個小孩說大人，尤其是說自己的母親可憐，未免太老成，不過這是我現在的語彙才得以說明，小時候的我無法解釋自己心中對母親的感情叫做「可憐」，只覺得心頭有股刺

4 日本詩歌特有的修飾詞，置於特定用語之前，添加某些情緒。

痛的感覺。

就因為這種，嗯，可憐的感覺，我暗自心想母親之所以如此肯定地把第百小姐、上電視的少爺、松浦小姐乃至於我都說成蛞蝓，其實是她抒發情緒的方法之一（其實這也只是我模糊的想法），我聽了從來不放在心上。

我真正無法忍受的，是母親什麼都捨不得丟。

父親也一樣，什麼都捨不得丟。

他們兩個什麼都捨不得丟。

空罐捨不得丟、紙箱、包裝紙、橡皮筋、破掉的褲襪、襪子、上衣、舊雜誌、開口笑的鞋子、穿不下的衣服……全都捨不得丟。斷掉的傘、被老鼠咬破的坐墊、換下來的舊水龍頭、燒焦的平底鍋、故障的熱水器、燒水壺、扁扁的豆腐盒等等，全都捨不得丟。

母親說她在結婚之前沒有做過菜，學生時代恨死了家政課，但是我記得在搬來鋼筋水泥屋之前，她再怎麼不願，也會把家裡清出的垃圾全都扔掉。我想她天生就不喜歡持家，又是個職業婦女，手法粗糙也是難免，但是搬來鋼筋水泥屋之後，她卻打死都不肯丟任何東西，我想是搬家之後，就愈來愈不想丟東西了。

多年以後母親年事已高，我聽舅舅說，有次母親就像平常人一樣打掃家裡（可不是年終大掃除），還丟了一些東西，那些是父親留了很久的，母親因此被父親痛罵一頓。

父親破口大罵時可是非比尋常，那已經不像人類，而像野獸的咆哮。我很清楚，而且不僅家人清楚，只要認識父親的人也都見識過，舅舅也是。父親那天生氣，並不是為了失去重要的東西，而是氣一個地位比自己低的人，沒有自己的命令就擅自行動。

據舅舅說自從看到母親丟東西而被父親痛罵，母親再也不敢丟東西，這可能是原因。父親不丟，母親也不丟，於是鋼筋水泥屋裡就漸漸堆滿各種東西。

大家老是說我們家這棟兩層樓房「好大」、「好寬廣」，而且屋裡只住了三個人，這三個人卻總是說這房子「好小」、「真的好小」、「小得受不了」。因為屋裡堆滿了各種東西，沒有人知道這些東西有何用處。由於屋子實在太小，不對，「感覺上」實在太小，所以還增建了三次。

其實屋裡有個大垃圾桶。

不過那些沒有丟掉的紙箱，不知不覺也成了垃圾桶。

當紙箱塞滿了，他們就會將它搬到院子角落的一個凹坑裡去燒，我們把那裡叫做「垃圾焚化場」，所以我想我父母也不是真的什麼都不肯丟——補充一下，我們剛搬來的時候，那個凹坑本來是準備做池塘的，因此鋪設了簡單的水管，只要下雨積水，就會將水排到房屋旁邊的河流裡。這個凹坑溼氣很重，剛好拿來燒垃圾，當時民眾在家裡燒垃圾是不違法的。

曾經有人送我一件手織毛衣，上面有迪士尼動畫《小姐與流氓》那隻母狗的圖案，還是小學生的我當然愛不釋手，就連父親和母親也盛讚送禮人的品味與織工。我的父母從未誇獎我，一次也沒有，不僅不肯誇我，也鮮少稱讚其他人，所以收到毛衣那天，我印象格外深刻。

話雖如此，後來母親卻漫不經心地把自己盛讚過的毛衣胡亂丟進洗衣機洗到縮水，最後縮到我不能穿了，就一把扔進院子角落的「垃圾焚化場」，跟其他垃圾一起燒掉。

平時父親連看電視轉台都要母親或我代勞，卻也曾經說過「綿綿細雨正好燒垃圾」，帶頭把家裡的垃圾桶搬到院子裡的凹坑。

也就是說，我的父母其實都有過「丟」的行為，只是在我看來，他們總是丟些不必丟的，卻不肯丟那些該丟的東西。

我能理解廢物再利用的概念，前面提到那件《小姐與流氓》毛衣，確實是跟其他衣服混在一起，不小心被洗衣機洗到縮水，但那可是精心手織的毛衣，縮水了還是可以送給更小的孩子，或者把袖子拆下來，身體部分改成毛線包，袖子改成襪套，但我爸媽不會再利用，而是直接拿去燒掉。他們也不會用心修理物品來延長使用年限，比方說還可以穿的鞋子，或別人送的二手鞋，他們總是隨隨便便地扔去燒掉，穿到破破爛爛的拖鞋卻留著，而且就只是留著，沒有繼續穿。他們丟了可以再利用的東西，不能用的卻留著也不丟——至少在我看來是如此。

有一次我吃飽飯去洗碗，要把一個扁扁的豆腐盒丟掉，母親卻質問：「妳幹什麼？不准丟」，然後從垃圾桶裡撿起塑膠盒，洗乾淨放著。因此，家裡疊了幾十、幾百個豆腐盒，廚房裡到處都是歪七扭八的塑膠盒堆，裝生魚片的盤子和優格盒子也是一樣。

我問母親為什麼要留下這麼多用過的塑膠盒子跟盤子，她只是堅持這些都不能丟。為什麼還可以用的東西就要丟？她說，這是沒辦法的事情。我一頭霧水，最後懶得去問區分的規則，乾脆趁爸媽不在的時候，把家裡那些用過的豆腐盒、生魚片盤、多到可以堆營火的免洗筷、斷成兩半的廉價毛氈拖鞋全部收集起來，丟進院子裡的垃圾焚化場。

由於坑裡有大量免洗筷、塑膠容器跟毛氈，一點火便燒得很旺。

看著垃圾被燒掉，那感覺真是暢快。

現在我點選電腦桌面的「清理資源回收筒」，聽到那個好像燒東西的音效，就會想起當時的暢快。請別誤會，我這不是縱火狂的暢快，而是稍微減少垃圾量的暢快。

我在鋼筋水泥屋裡每天都想著「要丟垃圾」、「要丟廢物」，當這累積已久的壓力稍微獲得紓解，就是那麼暢快。

其實就算我擅自燒了垃圾，父親和母親也不會發現。家裡東西堆得到處都是，偶爾丟一點，他們根本不會注意。我燒垃圾只引發過一次嚴重的問題，那也證明了我爸媽囤積物品，並沒有什麼嚴肅的理由。

＊　＊　＊

唯一發生過的問題是這樣的：

某天我放學回來準備洗手，發現洗臉台鏡子前那塊細長的平台上，放了一個豆腐盒。

「什麼東西啊？」

盒子正中央有個小小的垃圾，看起來好像什麼也沒裝，我想是母親打算洗卻忘記此事，便把盒子扔進垃圾桶。

那天陰陰的好像要下雨，我看是燒垃圾的絕佳時機，於是就在家裡到處巡逛，收集垃圾裝進垃圾桶，然後搬到院子裡的「垃圾焚化場」，點根火柴放火燒掉。

（啊，真暢快。）

火勢愈來愈小，垃圾愈來愈少，我心裡洋溢著滿足。等火熄滅，正好也下雨了，我就回到屋內。

直到母親回家，我才知道為什麼要在洗臉台上擺個豆腐盒。

「妳拿到哪裡去了？」母親問我，我極力裝出不小心的口氣，說丟掉了。

「真是亂來。」母親非常沮喪，她是個經常灰心喪志的人，但是當時看來比平常更加沮喪。我以為自己犯了什麼滔天大罪，連忙安撫母親，靠著小學生貧乏的詞彙解釋，洗臉台上那個豆腐盒，比其他那堆用過的盒子更髒，只不過是丟掉一個，希望她能接受。

「蛞蝓啊。」

「蛞蝓啊。」

母親念了又念。

「蛞蝓？」

「這下我要去哪裡找蛞蝓啊？」

「找蛞蝓？」

「是啊，我抓到一隻蛞蝓，放進在那盒子裡還撒了鹽，我想把撒了鹽的蛞蝓留下來啊。」

這就是母親沮喪的理由。

如果把我們母女之間這段對話說給別人聽，任誰聽了應該都會捧腹大笑。

我要是第一次碰到這種事，也會捧腹大笑。

如果我是個能毫不猶豫稱呼父母「把拔」、「馬麻」的小孩，應該會回母親：「哎喲馬麻，討厭啦，亂講什麼啊。」

問題是我不會用「把拔」、「馬麻」這種輕浮的詞語來稱呼付錢供我食衣住行的人。然而另一方面，母親對蛞蝓、蜈蚣、蟑螂、毛毛蟲等昆蟲的反應之冷淡也讓我厭惡。

先前提過我掀開棉被時常看到蚰蜒，或者睡到一半發現腿上有毛蟲，還有家裡的蟑螂更是多到超乎常理。

當時我家裝在牆上的電燈開關是黑色的。

而蟑螂最喜歡暗處與黑色物體，經常停在電燈開關上不動。多次半夜要走進房間（自己的房間、浴室或者儲藏室）的時候，我靠著月光去摸開關，突然摸到某種脆脆的東西，以節肢動物特有的爬行動作，從手指沿著手臂一路爬到臉上，那感覺真是噁心。

我驚慌大叫，瘋狂甩手，蟑螂便飛了起來。不少土生土長的東京人沒見過會飛的蟑螂，但是蟑螂確實會在屋裡飛來飛去。牠發出啪啪啪的拍翅聲，然後狠狠地往我的臉（尤其喜歡往我的嘴）衝過來，說多噁心就有多噁心！

但是母親無論看到壁虎、蜥蜴、蜈蚣、蚰蜒都毫無反應，連看到蟑螂也沒反應，完全不當一回事。

我曾經看到兩隻蟑螂在筷架上的筷子之間鑽來鑽去，嚇得大叫，拿蒼蠅拍用力拍打，打死之後處理掉屍體，然後用熱水沖筷子消毒，母親卻在一旁面無表情地說：「筷子是乾的，沒關係啦，有蟑螂又不會怎麼樣。」

母親也不洗抹布。說來慚愧，我直到小學上家政課，才學到廚房的抹布一定要清洗並消毒。母親說過，無論是婚前婚後，她從來沒有洗過抹布，她這輩子一次也沒洗過抹布。

母親就是這樣的人，即使看到自己要用的筷子上有蟑螂爬過也毫不在乎，所以才會說出：「這樣我要去哪裡找蛞蝓啊。」這種話。

把找到的蛞蝓放進豆腐盒裡，撒上鹽巴，等蛞蝓脫水後保存起來，這對母親來說是正常的行為，然而她的正常生活卻被我搞得脫離常軌，驚慌之下，說出了這樣的話。

對蟲子毫無反應的母親，對我來說也是極其正常的。於是我道歉，不斷告訴她蛞蝓很好抓，她很快就能囤到新的蛞蝓，努力不讓母親更加沮喪。

＊　＊　＊

所以我非常討厭蟲子，到現在還是很討厭。那間爬滿昆蟲的房子，就是恐怖昆蟲館。

我在恐怖昆蟲館住了很久，根本不想去讀法布爾的書，我也討厭《堤中納言物語》裡面喜愛昆蟲的公主，更沒想過要養爬蟲類當寵物。我也不敢吃蝦蛄，學生時代曾在魚市場打工，看到活跳跳的蝦蛄，那動作跟蟑螂真是一模一樣。

「我想離開這裡。」

正如我所說，我做夢都渴望在物理意義上離開這棟建築。我熱切希望長大之後能夠住在一間沒有蟲子，到處都經過除蟲，隨時都保有除蟲措施的房子。

離家出走而被警方保護的未成年人，不知道有百分之幾是因為家裡太多蟑螂跟蜈蚣才會離家出走？如果警方有這種統計資料，我一定要看看。

「妳能夠上學，有衣服穿，一天三餐無虞，有地方睡覺，全都是因為父母出錢養妳。」

我從小接受這樣的道德教育，不知道是生活環境使然，還是世代傳承之故，總之這觀念根深蒂固。

先不提三歲之前還不懂事的時期，上學之後，我自認是個聽話的孩子。

我還未成年之時，鄉下的家庭很少只生一個孩子（多年之後我才得知，我父母之所以只生我一個，是後來再也沒有性交過）。無論男女老幼，有九成八的人只要知道我是獨生女，立刻就會以委婉的說法表示「這孩子肯定任性到不行」，所以我也格外壓抑自己，不許對父母表現任性。

乖巧如我，必然是下定決心，才會對其他人說出垃圾與蟲子的事。

小孩在大多數的情況下都不會找大人商量心事，《城北新報》才會辦「說來聽聽好嗎？」這個專欄吧。

明明每個人都當過小孩，但是有些人長大之後會忘記自己也曾是小孩，也會忘記「小孩就是不愛找大人商量心事」的事實。

我當了這麼久的大人，我清楚，時間是從過去連續到現在的。

但是小孩自己經歷過的時間比較短，很難體會過去會延續到現在的這種感覺。小孩不懂大人都曾經是小孩，認為大人根本就是跟小孩不同的生物，總是站在「與小孩不同的位置」。

比方說念三年一班的小孩，甚至不願意走進同校、同樣三年級的三年三班教室。連同校、同一層樓的別班教室都不肯進去，更不可能輕易找「不同位置」的大人商量心事，因為小孩在商量之前會碰到一個大難題，就是「該從哪裡說起，說些什麼？」

直到某個暑假，我才終於找大人「商量」垃圾與蟲子的問題。

那是小學四年級的暑假，我前往外祖父家（對，就是小坪主任與星野老師會拜訪的外祖父家）的日子。

＊　＊　＊

這是個蟑螂大量繁殖的季節。

「我受不了了！蟑螂快從地球上消失吧！」

暑假，我每天晚上對著牆壁大喊，心驚膽跳地揮舞蒼蠅拍。

外公家附近有個適合戲水的地方，一位姓二川的先生開車帶我過去，那天我是第一次，也是最後一次見到他。

從來沒人對我提過，二川先生跟我父母、外公外婆有什麼關係，我到現在還是不清楚（甚至不知道他的名字怎麼寫），我想至少是個好心人，大人才放心把我托給他一整天。記得當時他的年紀看來四十出頭。

我上車的時候，車裡已經坐了另外一名婦人。

「這是我的大姊。」二川先生這麼說。婦人手裡拿著大塑膠提袋，裡面可能有戲水用具，我對婦人鞠躬。

「哎呀哎呀，我的天哪。歡迎歡迎，好開心要去游泳了呢。妳會游什麼式？嗯？自由式？好棒喔，好時髦喔。現在學校都教自由式啊？哎呀這樣啊！哇，我小時候呢，學校女生都學橫泳[5]呢！看來教育方針也變啦，我的天哪，也對，這樣也對，是啊，這就對啦。」

我說得有點誇張，但是她真的就這樣邊說邊笑，自得其樂，像個講相聲的搞笑藝人。我在家裡從來沒看電視演過相聲、說書或歌唱節目。倒不是父母禁止，而是我家只有一台電視，轉台權操在父親手上，父親又完全不看這類節目，所以我也不習慣看這類節目。不過只有我一個人在家的時候，我會開電視來看，知道相聲是很熱鬧的表演。

像藝人的姊姊以及弟弟二川先生都很愛笑，他們不懂我卻聊著我的話題，不懂歸不懂，還是有說有笑，我聽得也笑了起來。車子開到外祖父母家，我換上泳裝，跟幾個表兄弟姊妹一起向二川先生的姊姊學習橫泳與蛙泳，然後在白色沙灘上吃西瓜，玩到傍晚回家。

這是暑假裡歡樂的一天。

我跟二川先生的姊姊相處了一天，得知「她在暑假期間參與當地巡守與諮詢的服務」，我一個小學生並不會想到去問「參與當地的巡守與諮詢服務」的是哪個團體，只記得當時這對姊弟在車上談到警署、市公所等名詞，多年後的回想，我想她應該是社工，或者是縣警局青少年保護指導員之類的。

我們在海灘上吃西瓜的時候，她就像是找我們聊天一樣問：「有沒有悄悄在煩惱的事呀？」「有沒有不好說出口的煩惱啊？」

回程的車上，只有我跟這對姊弟共三人。

「啊，今天真開心，下次我在學校游泳池試試看橫泳好了。」我主動對兩人說出自己的想法，平時我絕對不會這麼衝動，或許是因為跟表親們一起游泳，在海灘上打西瓜，讓我情緒亢奮，又或許是我被這對姊弟的個性給迷住了。

5 日本的古老泳法，簡單易學且較不耗體力。

當母親把文靜的人比喻成蛞蝓的時候，我能感受到她那陰鬱的快感，不過，同時我也容易被那些不會被母親比喻為蛞蝓的人吸引。

這對姊弟並不像是蛞蝓，他們兩人在車上再度對我說，有什麼事情都可以找他們商量。

「那個……」我下定決心，要找這兩人「商量」看看。

「爸爸跟媽媽，會把豆腐盒跟生魚片空盤子留著……」

「嗯嗯，然後呢？」

二川姊姊跟我一起坐在後座，她立刻舉起一隻手圍在耳朵邊，腦袋貼近我的嘴巴。這讓我感覺更加放鬆，對方不是在我對面而是在我旁邊，不需要面對面；而且對方考慮到我聲音小，特地附耳過來，特地選擇一個不會盯著我看的姿勢。

我心情一放鬆，就以小學生有的詞彙，冷靜地描述父母不丟東西、囤積垃圾、家裡爬滿蟲子，並詢問有沒有方法改善，我想當時應該說得相當完整。

這對姊弟聽我說完就笑了。那個笑聲不是媽媽看著電視上的少爺，說他像蛞蝓的低沉笑聲，而是毫無惡意的爽朗笑聲。

「這是難免的啦，因為光世妳沒經歷過戰爭啊。妳爸爸媽媽走過戰爭與戰後的年代，所以很珍惜物品，妳要體諒他們，好嗎？」

二川姊姊這麼對我說，口氣好溫柔。

「對啊，戰爭期間會有炸彈從天而降，大家拚命往防空洞裡面躲，防空洞可是挖在泥土裡面的洞喔，在地洞裡面哪能嫌什麼有蟲？大家沒在怕的啦。」握方向盤的弟弟直盯著前方，也對我這麼說：「蟲子看起來是不舒服，但是沒了蟲子也很麻煩。大自然裡面有各式各樣的生命，有各自的使命，這樣大自然才能正常運作。哎，光世啊，下次妳看到蟲子別那麼討厭，仔細觀察看看吧。」

「好。」我這麼回答。

二川先生告訴我，凡事要正面思考，而我也同意。

聽我這麼說，肯定又會以為我這個人太聽話，太鄉愿。但是如果我要為自己辯解，就不會分析得這麼深入，當時的我純粹是聽了二川先生的一番鼓勵，感覺醍醐灌頂罷了。

我對此莫名感激，感激到一個無與倫比的境界。

因為我的父母絕對不會這樣做。

被大人鼓勵的感激，就像沖繩人第一次看到雪那樣。

對小孩來說，這趟三人車程感覺相當漫長，但是從外公外婆家到鋼筋水泥屋之間，其實只要走本縣主幹道很快就到。以當時來說，不塞車的話甚至不到二十分鐘。

在這短短的時間內，我應該沒能正確表達父母多麼不肯丟東西，以及對昆蟲有多冷感；我只是全程說完沒有結巴，就以為把話都講清楚了。

我不是很清楚自己在「好」什麼，但是除了「好」之外，我找不到其他話可以回答。

後來還碰到幾次像這樣下定決心找大人商量的機會，只是次數不多。

其中許多大人一聽我這麼說，立刻翻臉罵我：「不可以這樣講自己的父母！」但是也有些少數大人像那對姊弟一樣，開朗又貼心地鼓勵我。無論是罵我或鼓勵我，所有大人都會提到同一句話：「因為妳沒經歷過戰爭。」

無論什麼情況，我都會再回答一次「好」。

過了幾十年，我要再說一次「好」。

由於我「沒經歷過戰爭」，感覺上跟父母就有了很大的落差，我想這點確實沒錯。

但是我不認為經歷過戰爭的人，就會將蛞蝓灑鹽再存放起來。要說「經歷過戰爭」，外公外婆和其他親戚也都經歷過，但是他們家裡都打掃得很乾淨，也時常煩惱著該怎麼驅除害蟲。

因此我認為那棟鋼筋水泥屋會成為恐怖昆蟲館，跟戰爭沒有關係。難道不是嗎？

順頌　時祺

恐怖昆蟲館，其回答

在此回答。

辰造與敷子夫妻倆的習慣，與太平洋戰爭是無關的。

尤其敷子女士喜歡儲存撒過鹽的蛞蝓，看到自己與家人每天放進嘴裡的筷子被蟑螂爬過，卻感覺「是乾的沒關係」（不是這麼想，而是這麼感覺），都與戰爭無關。

包括二川姊弟在內，您過往找人商量的過程中，都沒有完整表達出敷子女士的實際情況，甚至可以說根本沒有表達清楚。

這並不是要怪罪您的個性影響了表達方式，也不是年紀太小缺乏詞彙，而是敷子女士的言行太過突兀。

若您還是個孩子，還住在那「恐怖昆蟲館」之中，並且投稿到《城北新報》來，我（以及其他人）應該也會提出像大多數大人一樣，像二川姊弟一樣的回答吧。

但現在的您已經不是小孩，是個真心期望離開「恐怖昆蟲館」，並得償夙願的成年人，也並不像童年那樣必須在短時間內把情況描述清楚，而是花費許多時間撰寫投稿，我讀的是您成年後所寫的這份投稿。

因此我能夠明白您當時身處的狀況。

我再次回答您的問題。

跟戰爭是沒有關係的。

兒玉清人

＊　＊　＊

原來如此！

兩者沒有關係啊。

第一個第一名

敬啟者：

假把拔，您好嗎？

假馬麻，您好嗎？

假長谷川先生，您好嗎？

把拔馬麻前面套個「假」有點說不通，連長谷川先生都套個假字真是有點……我知道令尊博一先生是真的，所以兒子達哉先生自然也不是假的，但是把拔、馬麻、長谷川先生這些詞一旦套上一個假字，就格外令人開心，我一想到昨天在岩崎知弘美術館休息區發生的事情，就不禁笑出聲來。

我要再次為昨天的事情道謝。

住在西武線S站的時候，這間美術館就在附近我卻從未去過，這次能夠成行真是好事一樁。昨天大家要我試著說「謝啦」，我就像朗誦劇本一樣，用生硬的口氣用「謝啦」代替正經的道謝，感覺一口氣貼近大家不少，令我開心莫名。

記得第一次到東京，最令我震驚的並不是新宿的摩天大樓，也不是六本木的霓虹燈，而是深黑色的烏龍麵湯汁[1]，以及大學同學用把拔、馬麻來稱呼自己的父母。以前在Q市，也有小朋友會喊把拔馬麻，但僅限於四歲以下的小孩，不然就是在扮家家酒，絕對不是日常生活會用的稱呼。

我與父母的對話，多半是問竹掃帚該收在哪、營養午餐費必須裝進牛皮紙信封帶去學校，或者這個漢字該怎麼念，又是什麼意思……等。既然只談事務或問知識，當然無法用把拔馬麻這麼親近的名詞稱呼他們。

我喜歡岩崎知弘的畫，但是不敢對父母說「我喜歡這幅畫」，因為我覺得他們高高在上，與他們談自己的興趣嗜好，不合規矩。

但是到了東京，竟發現同學們竟然用「把拔、馬麻」來稱呼努力賺錢扶養自己長大的

1 關東的烏龍麵湯多為濃口醬油湯底，色澤比關西慣常的薄口醬油湯底更深。

家長。經過數十年，現在這麼稱呼的人更多了。我認識一名二十一歲的男子，在live house演奏完龐克搖滾樂之後回到休息室，以「馬麻」稱呼他的母親，當時把我給嚇到了，不對，老實說當下我瞧不起他。

「這有什麼好嚇到的？」有人，應該說大多數人都這麼想，可直到最近，我才知道大家都這麼想。

但是，無論我怎麼說服自己，把拔馬麻這樣的稱呼，我聽起來就是很不要臉。然而這也證明我心中有股近乎瘋狂的期望，希望自己是個開朗又直率的女孩，可以沒規矩地說出「把拔討厭啦，快走開」或者「哎喲，馬麻妳幹什麼啦」。假把拔，假馬麻……是啊，真的很棒。

今天我在相鐵線F站的Subway吃了酪梨鮮蔬堡，店裡客人很多，我聽見隔壁兩位客人在聊天，聽起來是一對交往中的情侶，他們提到上課跟筆記，猜測是大學生。

「我爸很嚴格。」女學生說，而男學生回答：「對啊，畢竟妳是獨生女，家裡當然管得嚴。」這兩人理所當然地將「獨生女」與「父親嚴格」連結在一起。

嚴格的爸爸。

嚴格的家教。

大多數人聽到這樣的描述，心裡想到的景象都一樣，「獨生女」和「爸爸很嚴格」理所當然地會連結在一起。

但是Subway裡那個女學生，家裡的真相可能跟男學生所想像的大相逕庭。難道就沒有一點動機，去懷疑「家教很嚴格」這說法可能有問題？

一般人聽到這句話，就會想到同一個景象，或者說是直覺產生的景象。只要一句話，就能讓大多數人點頭理解，像魔術一樣神奇。

這不就像歌舞伎、演講、電視節目、廣告等「以招攬顧客為首要目標的媒體」所不斷提供的魔術嗎？

吸引的顧客要多，收視率要高，取決於「如何讓更多人看得毫不遲疑」。只要更多人看得毫不遲疑，數字就會提升。

假設舞台布幕升起，旁白說了一句「女孩的父親很嚴格」，然後幸田露伴[2]登台，大

2　明治時代作家，知名的嚴父。

多數人都不會遲疑。但如果換成高田純次[3]登台呢？應該就會遲疑了吧。

大多數人一旦遲疑，就不會專心去看開幕之後的舞台，而是開始雞蛋裡挑骨頭，挑剔是不是選角錯誤。一旦落入這種狀況，任何微不足道的缺失都會引起觀眾的注意，觀眾不再關注舞台，人氣就會流失，這齣戲的票房就好不起來。

而這個多年以來讓觀眾深信不疑的景象，票房真是好到不行，因此成為所有現實家庭的縮影，也不斷造成大眾誤解。

嚴格的爸爸，嚴格的媽媽，嚴格的家教。

這個說法困擾了我好多年。

「妳家教好嚴啊。」我國中的時候，有個高中生對我這麼說。

「應該不是。」我當時想反駁，但放棄了，直到現在都不曾反駁過。

這次沒有謎題，而是想問有沒有一個說法能夠讓多數人毫不遲疑地接受呢？

＊　＊　＊

〈第一個第一名〉是我印象深刻的回憶，一個小學女生在運動會上拿到第一名的故事。

文容堂的各位喜歡運動會嗎？

在日本，國中以上的運動會可以讓學生選擇項目參加，也可以自由選擇為誰加油，然而幼稚園與小學的運動會就很不一樣，在以前的鄉下，兒童運動會不僅老師與學生參加，更是家長、親屬與當地居民的一大活動。

我就讀的市立小學，全校都要參加運動會的進場、開幕式、熱身操（跟著廣播做體操），然後輪流進行個人項目與團體項目。團體項目包括丟球入籃與拔河等等，個人項目就是短跑了。雖然名為個人項目，但是所有學生都要參加，三年級以下要跑五十公尺，四年級以上要跑一百公尺。另外還有大隊接力賽，由四年級以上的學生按年齡依序分隊接力。另外還有為來賓搭建的帳篷與各年級派出的啦啦隊，得拿著樂器大聲加油。

我以前最討厭運動會，因為我跑得算快。

我討厭運動會的原因，就是我比較快，不是很快，而是比較快。

3 藝人，出了名的不負責。

我的同學根本不認為我跑得快，我給人的印象多半不離遲鈍、拖泥帶水、二愣子這類的。在同學會上根本不會有人特意提起，不過就像烏龜其實游得很快，棕熊跑得很快一樣，我這個二愣子的體能測驗分數可是「A」。

當時的教育主管單位還叫做文部省（現稱文部科學省），全國性的體能測驗要測驗跑步、投擲、跳躍、反射神經等項目，由兩間學校共同舉辦。一群同樣住在Q市卻素昧平生的同年級小孩，聚在一起反覆橫跳、八字運球、輪流測握力，感覺很新鮮。我討厭運動會，卻相當期待體能測驗，因為這是單獨行動，不必事事跟上團體，感覺很輕鬆。測驗分數從A到D共四級，我每一項都是A。

跑步測驗要跑兩趟五十公尺，記下兩趟的時間，而體能測驗的紀錄會留在班導師手上。運動會最搶眼的比賽項目是短跑，老師就按照體能測驗五十公尺短跑的紀錄，把每六個成績相近的孩子分成一組來賽跑。

先從跑速最慢的組別開始，「就定位，預備，跑！」大家起跑。每組六個人的成績相近，所以起跑之後就有得拚了。

我每年都跑最後一組，也就是最快的一組。體能測驗只分四種分數，評分結果相當籠統，所以我在最快的那一組賽跑，通常都是拿第三名，不是特別快，只是比較快而已。

運動會按照名次，在第一名身上掛黃彩帶、第二名掛藍彩帶、第三名掛綠彩帶、第四名掛紅彩帶、第五名掛粉紅彩帶、第六名則是白色彩帶。

一般人或許覺得綠色也不錯，但是在小學生的賽跑中，除了第一名可能真的跑得超快之外，第二名以下差距都不大。我要是毫無罣礙地跑，就會拿到藍色彩帶，要是狀況不好分了心，比方說被隔壁跑者怒瞪一眼，我這個缺乏競爭力的二愣子就會突然驚慌失措，一口氣跌到白彩帶。

個人短跑跑完也就結束了，真正讓我討厭運動會的是大隊接力賽。大隊接力由每班選出三名代表出場比賽，人選由班導師決定，而且不是問：「誰要參加呀？」是直接命令：「妳出場。」班導師手上有體能測驗的分數，所以我必然入選，在鄉下學校裡，學生不能對老師的命令說不。

我真的，真的很討厭被選上大隊接力賽代表。

如果我是個跑步超快的小孩，可能還會湧起一股鬥志，想要好好拚一場。但我只是比較快，代表班上參賽除了壓力還是壓力。「要是我害整隊輸了怎麼辦？怎麼辦？怎麼辦？

怎麼辦？怎麼辦？」這股「怎麼辦？」的沉重壓力，我得連續扛上好幾個禮拜。

升上五年級，我鼓起勇氣前往教職員辦公室，告訴班導廣尾聰悅老師：「我不適合跑接力賽，請選其他人參賽。」廣尾老師竟在隔天一早的班會問大家：「這位同學說要退出接力賽，有沒有人願意遞補？」沒有人願意，老師又狠狠地說：「看吧，沒有人願意遞補，妳不出場怎麼行？說妳不適合？真是任性的孩子。」害得我的壓力變得更沉重，比賽前一天壓力大到失眠。

終於到了接力賽當天，班上的第二棒跌倒了，大大落後其他班級，我接棒之後拚命地跑，但我只是「比較快」，沒辦法搶回大幅落後的距離，跑完回到班上的座位，跌倒的同學很受人喜愛，又擦傷了膝蓋，大家紛紛上前關心：「沒事吧？」、「痛不痛？」而我這個不討喜的人，只能被大家罵：「怎麼那麼慢？」

一般人會說「那個女星賣的是性感」，照樣造句的話，我的賣點是挨罵。我想自己或許有種天分，無論同學、鄰居甚至親生父母，看到我就是想罵。

這裡我想稍稍回顧接下來要說的往事。

母親說我像隻蛞蝓，這是個正確的評價。蟑螂跟螳螂很可怕，而蛞蝓只要撒上鹽就會立刻縮水，不足為懼。但是沒有人會特地對蛞蝓撒鹽，也沒有人想靠近蛞蝓，我的天分就是讓人覺得我像隻蛞蝓。

大隊接力賽的成績不理想，一隻蛞蝓最適合的任務就是被人罵：「怎麼那麼慢？」、「都是妳害我們輸的！」當蛞蝓被撒鹽，也不會回嘴：「你說我慢，那你怎麼不自己去跑？」甚至不會企圖回嘴而反瞪回去。蛞蝓只會慢慢縮小，唯唯諾諾地說：「說得沒錯，都是我太慢了。」

大隊接力賽的壓力很大，但我也討厭當啦啦隊。啦啦隊必須在正面的特別帳篷旁邊，拿著小太鼓、響板、木琴等樂器炒熱氣氛。我討厭參加競賽與他人競爭，但是不參賽就得待在顯眼的位置上演奏樂器。每次舉辦運動會，我都向夜空祈禱明天能下場大雷雨。

唯一值得慶幸的是我父母不會參加，他們兩人都要工作，從來不曾參加運動會與教學觀摩。

* * *

討厭運動會的我某天在國文課本上讀到〈第一個第一名〉，一篇小學女生描述運動會經過的作文。

主角參加的是障礙賽，在槍響之後起跑，途中要填寫老師出的數學題才能繼續前進。最後主角第二名抵達終點，不過第一名的同學答錯了數學題，主角遞補成了第一名。人生中「第一個第一名」讓主角歡天喜地，家人也齊聲祝福。

這篇作文故意以小學生的文筆撰寫，內容淺顯易懂，活靈活現，連我看了也不禁跟著替主角開心「太好了，太好了」。

搭配文章的插畫也很棒。畫風走寫實路線，主角指著「第一名」的彩帶，媽媽在旁笑呵呵，即使從小孩的眼光看來都覺得有點過時，但是這樣過時又俗氣的畫，才格外清純。主角與家人以純淨直白的心境享受「第一個第一名」的喜悅，也直直傳到我心中。

「如果我能像這篇文章的主角一樣享受運動會，一定很開心吧。」

真想對課本嘆氣。我希望可以不必參加大隊接力，不必當啦啦隊，只要參加短跑，拿個綠彩帶或粉紅彩帶，運動會結束，這樣就好。我想參加這樣的運動會。

如前一次投稿所說，我是個「水車小屋型的人」，只想過著平淡無奇的日子。

所以我是蛞蝓……該怎麼說呢？假設每天都由閃亮大禮車接送上下學的小孩向人炫耀禮車很棒，有人接送很棒，還說：「羨慕吧？妳家那麼窮，肯定買不起車，也請不起人來接送。」那麼平常喜歡哭著說：「可惡，我家買不起！」的小孩就會被欺負。反之，有其他過人之處的孩子則可以說：「我長得比妳漂亮。」、「我成績好，所有科目都滿分。」並因此受人尊敬。但是有種孩子對別人炫耀的車種毫無興趣，還說：「有人接送很煩吧？好可憐喔。」那麼炫耀的、愛哭的以及別有長處的孩子，都會覺得這個人好怪好噁心。蛞蝓不就是這樣的嗎？

* * *

大隊接力是我討厭運動會的最大原因，沒想到在小學畢業前最後一屆運動會，大會接力竟然停辦了。

競賽項目由中年級以上參加改為全體參加，所以往年的大隊接力時間，變成一到六年級由大到小分成三組，一起做體操。

那年我讀六年一班，班導是渡瀨彌一郎老師，這位老師紀律嚴明，是個講道理的人，對男生女生的態度沒有任何差別。或許是他從離Q市有點遠的城鎮調過來，他會責備我們做了某些以前老師允許的事情，或者讚美某些以前老師不准的事情，很多學生不習慣渡瀨老師的作法（尤其是女生），本地居民和家長對他不太友善。

對我來說，渡瀨老師的作風比之前的老師好多了。紀律嚴明的意思，就是我很清楚什麼不能做，什麼可以做，簡單明瞭，跟我父母完全相反。

「像貓一樣難討好。」

「就像荷莉．葛萊特莉一樣自由奔放。」我在岩崎知弘美術館的休息區，試著以正向的說法來形容我的父母親，但是我的父母親就像柯南．道爾或阿嘉莎．克莉絲蒂筆下的偵探小說那樣離奇。如果我是一個知所進退的成年人，或許多少知道怎麼應付這樣的人，但我當時只是個缺乏知識與經驗的小孩，根本束手無策。父親和母親各有不同的離奇舉動，導致家裡完全沒有規矩或準則可循。小孩在一個沒有準則的環境下，只好隨時小心翼翼。渡瀨老師這個人很有原則，會把好與不好的理由講得一清二楚，反而讓我很放心。

渡瀨老師當年帶的班級裡，有個男同學現在是某醫學大學的教授，專修運動科學。我曾經去聽他對一般大眾的演說，主題是運動心理學，他以自己擔任奧運短跑選手教練的經驗來說明。人的運動能力會大大受到心理狀態的影響，若能管理好心態，就可能大幅提升比賽表現。

鄉下小學的運動會與奧運，規模可說天差地遠，但只是小學生的孩子，相對容易受到班級氣氛與日常生活影響，我認為自己在六年一班的時候，氣力（心理）比較強。這不是說我的個性變得比較強勢，而是我的心靈比較穩定。如果腳底不穩定就跳不高對吧？相對的，換個穩如泰山的平台，就能跳高了吧？

〈第一個第一名〉這篇課文中，與主角一起跑的同學第一個通過終點線，但是半途寫的數學題卻算錯了；而主角保持穩定速度，第二個過終點線，還能冷靜解答數學題，我認為要歸功於她的氣力穩定。當然，〈第一個第一名〉只是課本裡的虛構文章，卻讓我學到主角不僅在運動會當天很冷靜，她整個人生都建立在穩定的心靈基礎上，才能獲得勝利。當時的我當然分析不出這麼冷靜的感想，只是年幼的心裡有這種籠統的感覺，所以才會恭喜主角：「太好啦！」也由衷期望：「要是我的運動會能跟她一樣就好了。」

現在我的住處附近有條上學路線，我曾經和一群小學生錯身而過，其中有個孩子的腿特別長。

＊　＊　＊

小學六年級左右的孩子，有段期間腿會突然拉長，占身高的比例特別大，這段期間大概是八到十個月吧。過了這段期間，身體會追著腿變長又變大，再過不久就不會再長高了。我也經歷過這段長腿期，而且六年級的秋天是我的長腿巔峰期，對，就是運動會的時期。

按照體能測驗的分數來分組，我即將參加小學時代最後一次一百公尺短跑，「就定位」高跪在跑道上，「預備——」腰臀抬高，「跑！」起跑。

個人賽跑沒有大隊接力的沉重壓力，在渡瀨老師帶的班裡令我氣力穩定。狀況絕佳，一起跑我就覺得超棒。我明顯感覺到，一雙腿沿著白線分隔出來的跑道上飛快擺動，似乎每跑一步就長得更長一點。

在過彎的時候，我冷靜地觀察左邊那個女生，她是班上女子組的紀錄保持人，正準備最後衝刺。平時老是像隻蛞蝓的我，突然驚覺「就是現在」，心中燃起一股鬥志，就像當下的藍天一樣又高又遠，心中像有了劇本一樣大喊：「不能輸！」

我就這麼拚命地擺動雙手狂奔。

唰。

我的上臂。

短袖的白色體育服露出上臂，皮膚感覺擦過了什麼，那是終點線的布條。

「太棒啦！」

穿過終點線的瞬間，我張嘴大喊，顴骨肉鼓得像兩顆乒乓球。

「哦，妳是第一名啦！」

不知道哪位老師跑向我，遞給我那條彩帶。

代表勝利的黃色彩帶，當下簡直金光閃閃，害我甚至記不清楚是不是黃色的。

把彩帶別上胸口之前，我緊盯著手裡彩帶上寫的字。

【第1名】

我好驕傲。裡面那個阿拉伯數字【1】，是用黑色印章印上去的。

這次的勝利，當然遠遠不及日本女子游泳選手在巴塞隆納奧運會上奪金，但是對我這個小學生來說真是歡天喜地，於是我學那位選手對藍天說：「這是我此生最幸福的一刻。」

後來過了幾十年，當天的第一名依舊是我此生最大的榮譽，從未變過。我真是太太太開心了！

在訓導主任親手降旗的閉幕典禮上，我應該還是笑咪咪的。閉幕典禮結束後回到教室，我故意披上外衣，盡量遮住那條第一名的黃色彩帶。在小學裡要格外注意人際相處，蛞蝓拿了第一名就趾高氣昂，會讓人感覺不舒服，我得保持低調。

離開學校之後，面對路邊的一枝黃花和金黃的稻穗波浪，我終於藏不住笑臉，就這麼獨自走回家。

現在回想起來，就算當時掌控整個班級的社交名媛嫌我「她在跩什麼！」，我也應該在教室裡表現得更開心點，根本不該藏著難得的第一名黃色彩帶。

因為「我此生最幸福的一刻」很短暫，就只有從學校到家門口那段路而已。

就只有這樣而已。

真的，稍縱即逝。

一回到家，我發現父親在門口和一對老夫妻交談，那對老夫妻的頭髮跟眼珠顏色都和日本人不同。我走上前，父親說這對夫妻的兒子是個傳教士，來到本市的基督教會就任，說完又繼續與老夫妻聊天。

我打算繞過父親走進家門，老夫妻一直盯著我瞧，洋人就是喜歡與人四目相接。他們開朗地對我說：「哈囉！」平時的我一定會感到困擾，但是黃色彩帶讓我得意洋洋，忍不住也回了一聲：「哈囉！」

老夫妻對我微笑，我更加開心。平時我得演練過才敢找父親說話，當下卻急著轉向父親，要報告我得第一名的事情。

「我一百公尺短跑得第一名了。」我這麼說。

父親聽了，表情幾乎毫無變化，如果真要說有什麼變化，就是他右邊嘴角往上提了一點點，然後往下睨了我一眼。

我說往下睨，不僅是父親身高一百八十公分，也是因為父親瞧不起我。我聽見「哼」的一聲冷笑，感覺只是吐口氣。

「跟妳比的那些人肯定都跑很慢，無聊。」父親這麼說。

我臉上的肌肉都僵了。

一腳還停在後面，全身都僵了。

眼角瞥見洋人老夫妻盯著我瞧，似乎想問：「what?」

（拜託，動啊，我的腿快動啊！）

我命令自己的腿。在學校跑道上明明跑得那麼順，現在卻像結冰似的動也不動。

老夫妻似乎感覺氣氛不對，立刻說起一口流利悅耳的英文來打圓場，我聽見他們說話，才總算能挪動前面那隻腿。

（再一步……）

我吩咐我的腿，慢慢往後退，身體總算僵硬地轉了過來，總算能順利走路，讓我離開這三人進入家中。

母親這天較早下班，已經在廚房了。

「……我回來了。」

母親在廚房裡盯著土井勝的食譜瞧，我開口說回來了，但是剛從幸福的頂峰跌下來，心情有些慌亂，聲音也有些沙啞，我的音量原本就小，現在更是小到沒能讓母親聽見。

母親看著土井勝的食譜，眉頭深鎖，她每次看食譜都是這樣。「我恨死做菜了，人為什麼一天要吃三餐呢？」母親有時與我獨處就會這麼說。她與其說討厭做菜，其實更是對吃飯沒興趣。她也說過：「如果可以三餐都吃冰淇淋跟鯛魚燒就好了。」但是最近不少客人上門拜訪，父親命令母親要做菜招呼客人，母親慌得讀起食譜，這本土井勝的食譜，是父親非常難得為妻子做的一件貼心事，從不下廚的父親認為只要有烹飪專家的食譜，詳細說明材料與作法，做菜肯定很簡單。但是對要下廚的母親來說，感覺就像父親頒下聖旨，要她做得跟烹飪專家一樣美味。

「這跟歐亨利的《聖誕禮物》完全相反啊，真是鬧劇一場。」

如果我是個早熟的天才，或許會來個西式的諷刺表現手法，朝剛才那對老夫妻聳聳肩，嘲笑父母之間的摩擦，但很遺憾，我只是個在日本鄉下就讀小學六年級的普通小孩。

剛才父親瞪我，彷彿我的第一名是作弊來的，我這個普通小孩卻想再試一次，就把一百公尺短跑的成果告訴母親。

「××××××」

母親的話無法用文字描述，我不知道該怎麼轉換成文字，要怎麼說最貼近呢……對了，就是「嘆氣」，母親聽了，嘆了一口氣。

她這個人的嘆氣很有特色，聲音很奇妙，就像在屋頂上發春的貓。如果用貓比喻聽不懂，可以說她的嘆氣聲，就像把錄音帶倒轉那樣的奇妙。有點像是，呀嗚嗚？發出這個聲音之後，母親對我大吼。

「×××××」

她大吼，然後嘆氣，意思是妳好吵，誰管妳跑得怎麼樣！

「妳看看這麼難做的菜，要我做這種東西，怎麼做得出來啊？真是的！」差不多是這個意思。實際上她吼的是關西腔，我怕在語意上有所誤傳，只說明大意。

原來母親自認身負重責大任，要做出烹飪專家水準的好菜，差點把自己壓垮，於是她對我怒吼。我很明白被迫參加大隊接力的那股沉重壓力，所以真心認為她的怒吼很合理。我覺得很抱歉，後悔把運動會的成果告訴母親，也後悔告訴父親。

* * *

我的「第一個第一名」結局不甚愉快，跟課本上的主角不一樣。

歷經數十年之後，今天的我已經能夠平心靜氣去看待這件事。

很久很久以前，父親還是小學生的時候，日本並沒有舉行什麼體能測驗，所以他不可能知道小學運動會的個人賽跑項目是用體能測驗的分數來分組的。

因此他真的認為我只是碰巧跟一群很慢的孩子一起跑；他也是真心認為，碰巧拿到第一名還歡天喜地，真是無聊。

而母親從小到大所處的社會告訴她女人應該要服從男人。既然她生的孩子不是雷蒙·哈狄格[4]，而是一個普通人，那她本人也就不會是平塚雷鳥[5]了。

我重申前一次投稿的內容，父母親的名字分別是辰造與敷子。地球上所有人都有自己的個性，辰造這個人，就是不會因自己的孩子在運動會上得到第一名而歡喜；而敷子的個性，就是會為了看土井勝的食譜而嚇得陷入恐慌。

小學六年級那時，這件事確實讓我非常失望，但是世上有更多令人傷心的事情，每個

---

4 Raymond Radiguet，神童作家。

5 明治時期日本婦女解放運動家，批評當時的「賢妻良母」教育。

人都比我過得更苦。半年之後成為國中生，我開始認為辰造、敷子那些反應都是他們的個性使然，所以那天他們的反應沒有任何執得懷疑的地方。

我真正想知道，不對，真正想要的，是一個說法，一個形容詞。

就好像那對在Subway吃三明治的大學情侶之間的對話，身為獨生女的女生說「我家很嚴格」，這個說法能順暢地過關，世上的人聽了不會有任何遲疑。

同樣的，這名獨生女如果在運動會上拿到「第一個第一名」，「父母會為女兒慶祝」應該也是理所當然。

然而我不認為所有獨生女的家裡都很嚴格，同樣的，我也不認為所有獨生女拿到第一名，父母都會為此慶祝。就像我這個獨生女，從來沒有一張參加運動會的照片，甚至連七五三[6]的照片也沒有。

我的父母親算是嚴格嗎？我想這跟「家裡很嚴格」是不一樣的。所有人都對我說「獨生女就是會被寵壞」，但我認為我的父母親並不特別寵我。還是說我都已經小學六年級了，運動會結束後就不該管什麼第幾名，應該代替母親學著照土井勝的食譜為全家做晚餐？我果然是被寵壞的孩子嗎？

請給我一個說法，一個形容詞，讓我在描述自己家庭的時候，多數人都能毫不遲疑地理解我。

6 日本的節日，每年十一月十五日，有五歲男孩和三歲、七歲女孩的家庭，會將孩子打扮一番，到神社或寺廟參拜祈福。

第一個第一名，其回答

光小姐，恭喜您獲得第一名！

或許這聲恭喜晚了幾十年，但我也是今天才知道這件事，就算遲了也還是要說聲恭喜。我現在讀著您的投稿（也就是您的來信），在此向您道賀。

恭喜您得到第一名的黃色彩帶！

小學生活力充沛地奔向終點，在穿過終點線那一刻綻放燦爛的笑容。看了您的信，就連我也開心得差點要從椅子上跑起來。

因此當我讀到您的父母親怎麼對待您，簡直就像一塊冰磚壓在心頭上。

若是我一讀完光小姐的信就直接寫下對父母親的感想，實在很沒有禮貌，因此我過了一陣子才接著寫下去。

過了一陣子之後，我也覺得辰造先生與敷子女士「很可憐」。

這兩人的態度，不知道會致使他們錯失多少人生的光芒。

考取學校，考取證照，看了好笑的相聲，看了好看的電視紀錄片，吃了好吃的東西，去聽心愛歌手演唱會……無論怎麼樣的好事，只要有人能夠一起分享當下的喜悅，當下的快樂，好心情就會膨脹一倍、十倍，甚至百倍。有人一起歡呼是幸福的。請看看足球和棒球的冠軍戰，球迷們賽後不都是滿臉喜悅嗎？更別提與自己的孩子一起分享人生的喜悅，我認為這份快樂可以膨脹上千倍。

如您所寫，小學的運動會是個大活動。六年級是最後一次參加這樣的大活動，又在最搶眼的一百公尺短跑上全力奔馳，還拿到第一名，他們卻是那麼無情地否定，我真不知道辰造先生和敷子女士的人生究竟有什麼喜悅，有什麼歡樂可言？他們遇過任何好事嗎？還是說從來沒碰過一件好事？想到這裡就覺得他們真是可憐。

您看，他們要是採取那樣的態度，就算您沒有拿到第一名，往後其他時機碰到任何好事，他們還是會斷然拒絕那些好事。即使幸福近在眼前也不抓住，甚至主動把幸福給趕走。日本俗話說「鬼出門，福進門」，他們兩個剛好相反，邀鬼進門，對福神砸豆子，真是「鬼進門，福出門」了。

至於您希望能有「一個說法」，我想他們或許是「無論碰到什麼事，只會用盡力氣往最壞的地方看的人」好像太長了，那不然「招鬼進門，攆走福氣的父母」這也太長了……我一時還真想不到好說法。

兒玉幸子

＊　＊　＊

我是假長谷川（笑）。之前有幸在岩崎知弘美術館見上一面，也獲您應允閱讀來稿，因此我就拜讀了。

真不可思議。

就某種意義上來說，這次的事件比換名條事件更不可思議。

要說哪裡不可思議呢？根據辰造與敷子兩人的歲數來看，光小姐可以說是他們「老來得女」，這麼寶貝的獨生女在小學運動會的重點項目一百公尺短跑獲得第一名，身為父母的他們為何聽了會這麼生氣？

聽聞此事，我對辰造、敷子兩人的觀感是一言難盡，首先跳出來的仍是不可思議。我會覺得不可思議，或許我也被「以吸引閱聽者為首要目標的媒體所不斷施展的魔術」這句話給釣中了。說來話長，從前我以為自己對家庭陰暗面還頗有研究。

如果要用「一個說法」形容光小姐的父母，我想應該是「毒親」吧。假使父母並沒有暴力虐童，也沒有放棄養育責任，甚至乍看之下中規中矩，但私底下卻對孩子採取含有毒性的言行，不就是「毒親」嗎？

從光小姐的投稿可以清楚感受到，要您稱呼自己的父母親為「毒親」是很困難的。

但是我建議您先回歸到幼兒年代，不對，應該說回頭當個小孩。

若不是當個小孩，您就無法卸下心防（您的心防，就是明明超討厭稻邊老師卻不肯說出口，是一種裝模作樣，偽善的心態）。

我希望光小姐能夠變回一個愛賴皮、任性的小孩，毫不猶豫地把自己的父母稱為「毒親」，但不是對特定人物訴說，而是漠然、對著牆壁、對著夕陽西沉的海平面（笑）說出您的心聲就好。依我之見，若是光小姐能不斷投稿，哪天即使《城北新報》是縣市報或全國報，您也願意投稿給諮詢專欄，到時您就會感覺心頭沉積的積垢紛紛脫落，心靈輕巧暢快，成為一個心靈美人了。

長谷川達哉

＊　＊　＊

假長谷川先生，謝謝您的建議。

我對「毒親」的這個「毒」字真的難以接受，如果換成「有害親」也許勉強可以吧。說到「毒」這個字，我忍不住就會想到一個黑色玻璃瓶，上面畫著骷髏頭加兩根骨頭打叉叉的符號……我無法這樣看待自己的父母。

父母曾買木琴給我，還供我念私立大學，對我盡了父母之責，這是千真萬確，如假包換的事。

若是您在父母的援助之下念了私立的國中與高中，碰到另一人把您父母對您有正當理由的責罵稱為毒素，那我是會替您父母親說話的。

社會上有許多孩子遭到父母殘忍的暴力對待，我認為這樣的悲劇才應該以「毒」稱之。但長谷川先生說得也沒錯，真正引發悲劇的父母有專門的稱呼，比方說虐童，遺棄之類的。

話說回來，最近「毒親」這個詞傳得有點廣，也有點偏，讓我不禁擔心。

無論是誰，在公司或學校等公開場合所展現的一面，以及只給少部分人看的另外一面，多少都是有落差的。「少部分人」指的是誰呢？通常是配偶、孩子、兄弟姊妹、在同一個屋簷底下生活的人們。也就是所謂的家人。

但是這很自然，每個人都是「社會」的一份子，所以在展現「自我」機率較高的場合，表現自然不同於展現機率較低的場合。在家裡可以翹二郎腿看電視，但是在電車或公車上就不會翹二郎腿看手機影片，這叫做禮儀。就連讀幼稚園的小孩，在家裡洗澡的態度與在幼稚園上學的態度也會不一樣。這是理所當然的，甚至可以說，如果在社會上完全展現「自我」，是有可能構成犯罪的。

確實有些人會把這種「天經地義的差異」、「人必須有的差異」當成箭靶，批評自己的父母表裡不一，還說是「毒親」。正因為如此，我想問，除了「毒親」之外，有沒有其他的說法呢？

假和治

＊　＊　＊

我能體會假和治小姐這番話的心情，即使如此，我還是認為「毒親」這個說法就很適當了。

長谷川達哉

＊　＊　＊

如今的光小姐回顧辰造與敷子兩人的行為，能夠考慮到世代不同的習慣、價值觀以及兩人特殊的個性，代表您已經不是當年的小學生。因此我在回答中也不會對小學時代的光小姐發表評論。

光小姐希望能有「一個說法」來形容父母二人所構築的家庭，但正如您所說，「嚴格」一詞是不準確的。

我也想過「不可思議親」，但要是在本次投稿中提到的Subway，或者其他日常場所，女學生對交往中的男學生說「我爸媽是『不可思議親』云云」，男學生聽了或許不會聯想到辰造先生與敷子女士這樣的父母，而是會想到其他狀況。這狀況就像「光小姐日常舉動給班上同學的印象」與「光小姐的體能測驗分數」之間產生了落差一樣。

在「不可思議親」之後，我又想到了「SLINGSHOT親」。您的父母親沒有拳打腳踢的暴力行為，但卻像拿彈弓射鋼珠打小鳥一樣，三天兩頭就打擊您的心靈。

我認為您父母親在運動會之後所採取的行為，十分符合這樣的形容。SLINGSHOT不是很順口的外來語，翻譯起來可以說是「鋼珠親」。但話說回來，這說法可能會讓人聯想到最近一些沉迷於小鋼珠，花錢如流水，甚至讓親生孩子餓死病死的病態父母。那麼改稱「挫折親」呢？乍聽之下也不好理解。

經過一番思考，最後還是得到「毒親」這個結論。

辰造先生與敷子女士都是各有其獨特個性之人，我從您的投稿中可以感受到，您非常感謝父母即使這麼有個性，依然盡力完成養育子女的義務。這是您長大之後才有的感想。

因此您才會認為「毒親」是「一個隨便的稱呼，可以成為各種讓子女逃避的藉口」。實際上確實有不少人會濫用「毒親」、「生理假」這類名詞。

即使如此，我依然認為「毒親」用在這裡是對的，因為這是目前最普遍的名詞。

自古以來就有人在春天剛到的時候成天流鼻水打噴嚏，但是以前沒有「花粉症」這樣的「一個說法」。因此醫師會誤診為「遲到的感冒」，或者親友會說是「春天才感冒的傻瓜」。後來「花粉症」這「一個說法」普及了，我想就算每個人的症狀輕重不同，至少這個說法讓大多數人在說明上輕鬆不少。

話說我與內人育有兩個兒子，我們較為幸運，雖然多少也有些問題，但還算是個不錯的家庭。內人個性開朗（也就是說她在「會將女兒養育成開朗的人」的雙親身邊成長），中和了我的陰沉，結果應該算是正面的。即使如此，我倆在兒子成長過程中依舊發生嚴重的爭執。

然而我現在能這樣描述往事，代表我們家還是個不錯的家庭。該說是老天的保佑，或恩惠呢？

因此回答您的投稿，根本不足以報答上蒼賞賜我們的幸福，請您無須顧慮。您以詢問我等的名義，與《城北新報》的眾人交談，我等也十分喜悅。

正如長谷川賢弟在美術館所說的，您不需要向特定人物訴說，若感覺對著「文容堂」更方便傾訴，就請您這麼做吧。

兒玉清人

搭計程車

敬啟者，文容堂：

恭敬不如從命。

關於形容我家的一個說法這件事，就先擱著吧。

請問您是否聽過〈豪邁的鴕鳥〉這首歌？

好像是根據戰後頒布的新教育法刊在音樂課本上，由波希米亞民謠翻譯而成的。

過了不久，這首歌就被改為選修教材，或許記得的人已經不多。我也不是從課本上學到這首歌，而是稻邊老師碰巧在音樂課上放了某部教唱影片（從頭到尾只有小山流水的風景圖，配上歌詞），當作是一個閒暇活動，我也就聽過這麼一次。

但這一次……只那麼一次也聽得我如坐針氈。

因為那歌詞。

感覺就像嘴裡被塞滿砂土，以及不忍面對鴕鳥的那股難受心情。雖然我只聽過一次，那股不舒服的感覺卻長存心中。

鴕鳥先生想過河
河水又深又很急
啦啦啦啦啦啦……
壞烏鴉跟鴕鳥說
把水喝光就好啦
啦啦啦啦啦……
鴕鳥大口喝河水
拚命要把河喝乾
啦啦啦啦啦……
喝了又再喝，河水不停流
豪邁的鴕鳥，還是繼續喝

啦啦啦啦啦啦……

滑稽與可悲只有一線之隔，但可悲的下一秒又滑稽得令人捧腹大笑。

稻邊老師給我們聽了〈豪邁的鴕鳥〉之後說：「這隻鴕鳥肯定喝得肚子跟水球一樣鼓。」音樂教室裡大多數的同學聽了都放聲大笑。

我則是低下頭緊閉眼睛，怕被別人看見。我不忍心看那隻鴕鳥，不忍心聽那歌詞。

「一個小學生聽了旋律與歌詞想像鴕鳥的樣子，為何不忍面對那鴕鳥？」這個問題，並沒有包含什麼賺人熱淚、引人注目的好故事。

如果只是要問原因，投稿到《讀賣新聞》的人生諮詢專欄肯定被退稿；就算佯裝成小孩撥打TBS電台的全國兒童諮詢專線，多半也會被掛電話。

這次的問題也很細微，只是我父母的行為令人費解，真的相當費解……過了幾十年還是一個謎。

那是小學畢業典禮剛結束，春假期間發生的事情。

地點是東華菜館，是關西地區知名的中華菜館。餐廳建築由知名的美國建築師在戰前打造，即使到了今年二〇一×年，依然光彩奪目地矗立在古都的河岸邊。無論外觀或室內裝潢，都融合了西洋建築與東洋的異國風情，那部古老的電梯到現在還正常運轉著。

＊　＊　＊

蓋在Q市的鋼筋水泥屋「恐怖昆蟲館」由剛出道的日本建築師擔綱設計。或許是新人比較衝動，這棟房子以設計感為優先，但是以一棟鄉村民宅而言，內部設計實在非常不便。

我的房間位在二樓，但是沒有門，只是從一樓爬上樓梯，走到下一個房間之前的一個空間。剛搬來的那一天，年輕建築師對父親解釋這個空間：「這個空間就像是用來掛畫、擺雕像的私人美術館。」

多年之後我不禁苦笑，私人美術館可真是說得好聽。實際上怎麼看都是缺乏功能性，設計不良的無用空間。

我們家用布簾把這個無用空間隔起來，放了床與桌子，就成了我的房間。

窗框不是鋁框，而是沉重的鋼造框，每次開關都會發出嘎嘎聲，窗框縫隙大，風會呼呼地吹進來，雨大一點的時候，窗戶軌道還會積水。窗戶正下方造了一個堅固的櫃子，說起來有點沒教養，但我會爬上櫃子抱膝坐著，就這麼窩在櫃子上，欣賞天空、田地與田埂。

星期六下午是我整個星期最喜歡的時光。我可以在布簾隔成的房間裡放音樂，抱膝坐在櫃子上欣賞窗外風景，想電影，真是太幸福，太幸福了。

這些行為我瞞著我的父母親，因為太娘娘腔了。

父親和母親的關係該說是缺乏契合度嗎……不對，或許是毫不契合。他們雖然在同一個屋簷下生活，卻總是各過各的。雖然方法不同，他們兩人對我的期望倒是完全相同。

「要像個男孩。」

「一輩子別結婚。」

這兩件事，就是一對父母對獨生女的衷心期望。我在學齡前都剃著像棒球隊男孩的大平頭，再加上我骨架大（超大），而且穿的衣服全部都是男裝，第一次見到我的人都說：「哎呀，是小男生啊。」

只要我看少女漫畫，母親就會罵我，只要我看少年漫畫，母親的心情就會非常好。父親把我剃成平頭，希望我——應該說命令我穿褲子而不是穿裙子。只要我聽話，父親心情就會非常好。到東京念書之前，我在家一直都穿男裝。

母親夢想我是個數學與體育成績很好的孩子，卻完全沒讓我去學珠算或游泳之類的，因此我與才藝、家教這些課外學習完全無緣。

也就是說，母親當個「教育媽媽」[1]（以現代說法就是虎媽）的時候，並不重視數學與體育兩個科目。

她心目中的理想並不在於我本人，而是夢想自己所生的是個「天生數學很好，體育很強的孩子」，證據是她不斷對我說，好希望我是這樣的孩子，怎麼我就不是這樣呢？每次拿到成績單，母親第一個看的分數就是數學和體育。

我這個獨生女肩負父母所有的期望，從七歲起就以滿足他們的期望為己任，就算我的數學和體育成績不好，也要裝作喜歡這些課。我養成一個習慣，無論何時何地都要努力邁

---

1 約三、四十年前的日本用語，形容對子女的學業異常關切、執著的母親，近年逐漸被大考媽媽一詞取代。

向那個夢想中的女兒。

可是呢，要將目前百分百的自己推進到百分之一百二十，算是一個努力的目標沒錯；但是要將自己改變成完全相反的模樣，或者說裝成完全相反的模樣，第一步得耗費龐大的精力來否定自我。

我是個劣等的孩子，連母親都告訴我：「妳是我上了年紀才生的，所以都遺傳到壞的基因。」數學和體育是遺傳到優秀基因的人才能有好表現的科目，就算我體能測驗的分數是「A」，體育課還是表現不好。理由是，我這個劣等的孩子遺傳到不好的基因，所以體育很差，反過來說遺傳到好的孩子，體育與數學當然就會好。劣等的孩子要裝優秀，裝作喜歡數學和體育，光是假裝就耗費極大心力，讓我的精力幾乎歸零。

哎呀，現在回想起來才覺得怪。父親由衷希望自己的女兒「像個男孩」，母親也認為孩子要活潑好動才好，那麼我在運動會的一百公尺短跑拿了第一名，這方向應該是沒錯的吧？這不是很矛盾嗎？

上次投稿，我確實說過討厭運動會，但是因為以上的緣由，在父母親面前我會裝成喜歡運動會的樣子，不喜歡運動會和體育課的孩子，看起來就不健全。

假裝和隱瞞，需要非常多能量，是很累的。

因此，星期六下午我可以躲在沒有父母、沒有老師、沒有同學的地方，完全不需要假裝，就只是望著窗外想電影，這真是再幸福不過的時光了。

好了，接著讓我來補充說明「想電影」這句話吧。

我家並沒有零用錢的制度，偶爾需要買東西的時候，不是說明理由向父母親要錢，就是趁父母在場的時候買下來。

比方說健全的雜誌。給男孩讀的雜誌，就是小學館的學生雜誌，以及學研的《科學》與《學習》。除此之外的雜誌全都太女孩，不健全。由於父母親如此認定，所以我只要去買少女漫畫雜誌或電影雜誌，就會騙父母說要買文具或參考書，才能拿到錢。我小時候曾經被寄養在許多家庭，大家都嚴格地教導我何謂道德，所以撒謊讓我產生嚴重的罪惡感。然而即使如此，我卻依舊選擇撒謊，真是太骯髒了。

撒謊得來的漫畫雜誌與西洋電影雜誌實在太誘人，我實在太想看外國電影了。

鄉下地方只有一間二輪電影院，而且總是放些未成年不准看的電影，就只有暑假、年假和春秋季的連假這幾個時段，會播放文部省推薦的電影，學校還會發放折扣電影票，然而即使要去，也得與全家登記在《Q市市民名冊》內的小孩同行，所以實際上我無法在電影院看電影。

如果是單行本或文庫本的書，可以輕鬆「過關」，只要結帳的時候母親在場就好。

當時Q市的家庭幾乎都在月底付錢給書店、酒鋪、燃料行等商家。每個月底，母親都會去站前商店街的大川書店結清當月帳款，我就趁這個時候若無其事地跟去書店，當母親和書店老闆寒暄時，我會挑一本書放上收銀台，小聲說：「這本順便。」這本書就會被裝進購物袋，我再趁離開書店的時候將書放進腳踏車的菜籃或自己的書包，就像是趁火打劫一樣。

我靠這個方法取得了新潮文庫和角川文庫，這兩家出版社的小說只要改編成電影，經常會拿電影宣傳海報當封面。

在房間裡隨意讀完，攤開書本看著封面的照片，聽著音樂，以我的方式幻想電影，在腦內劇院上映，只有我一個人欣賞，這就是「想電影」。

請注意，我家並沒有「給零用錢」的習慣。

為何我家沒有零用錢的概念呢？

如今我回顧往事，得到一個結論，可能是母親太粗心了。

社會上有些孩子從小就受到嚴格的品德教育，他們的父母認為「要讓孩子的食衣住行與文具不虞匱乏。若孩子在興趣與娛樂有需要，應據實以告，父母認為合理的便提供金錢」。確實有不少父母因為這樣的「方針」，而不給孩子零用錢。

但我家可沒有那麼高尚，之所以沒有零用錢，不是「家教好」這種好聽的理由，只是因為母親粗心。

母親是個粗心的人，不知道是天生粗心還是討厭她的配偶辰造，無論什麼理由，總之她極力不去思考家裡的事情。因為她粗心，我甚至覺得「她根本沒發現我已經長到十二歲了」。要解開接下來的「東華菜館事件」之謎，請先留意我家的習慣，就是我身上一毛錢也沒有。

我這個抱膝坐在窗邊櫃上想電影的孩子，沒有任何可以自由運用的金錢。我放的錄音帶外殼寫著「迷人的歐洲電影」，但裡面只有四首曲子。這是我偶然得到的。商店街佐倉電器行的佐倉先生原本準備了這捲帶子，要用在市政府主辦的文化活動上，後來沒派上用場，不知為何錄音帶落入父親手中，就這麼丟在客廳。由於家裡的錄音機放在客廳，我只好把機器與帶子搬到房間，聽完之後再放回原位。

錄音帶裡只有四首曲子，當我閱讀角川文庫的《陽光普照》（plein soleil）時，聽的可能是另外一部電影的配樂，但這也沒關係。從兇手角度描述心境的懸疑小說，對剛參加完小學畢業典禮的鄉下小孩來說太過細膩，我讀了也沒怎麼看懂。我沒有深入思考，就只是囫圇讀著眼前出現的鉛字，反覆聽著耳熟能詳的音樂，翻看著封面或書腰上的電影劇照。光是這樣，我就能在腦袋的大銀幕裡上映自己專屬的《陽光普照》，畫面栩栩如生，就好像真的在電影院看大銀幕一樣。

我沒有零用錢，每天只能往返於學校與住家，靠幻想看電影，已是我竭盡全力為自己打造的娛樂。

十二歲即將升上國中，手裡沒有一毛錢，而且母親以為我比實際年齡小很多。請先留意這三點，再聽我訴說東華菜館所發生的事情。

＊　＊　＊

那是在小學畢業典禮剛結束的春假。星期六。

我在布簾隔起的房間裡看幻想電影，快到下午四點的時候，關掉音樂開始換衣服。因為我們要前往Q市之外的大城市吃飯。

我穿的是上星期畢業典禮時穿的那件防皺深藍色連身裙，我雙手繞到背後拉起拉鍊，感覺心情沉重。

父親喜歡偶爾到大城市去吃一頓餐，而母親和我也必須同行，這對母親來說相當痛苦。

母親非常厭惡外食與旅行。梳理頭髮，穿上漂亮衣服，化上像樣的妝，拎個手提包出門，這些對母親來說就像小孩要去看牙醫一樣恨之入骨。

在家裡吃飯，吃飽了可以立刻逃去廚房，但是出門外食，即使吃完了還是得待在父親身邊。

父親吃飯慢條斯理，喜歡邊吃邊喝酒，很花時間。而母親滴酒不沾，就只能默默坐在位子上，低頭等父親把飯吃完。

「生妳害我掉了牙齒。」母親總是這麼說，當時她已經用了全口假牙，所以食不知味，對吃喝沒什麼興趣。外食隔天，母親一定會說：「那個人帶我們去吃飯，我從來沒覺得好吃過。妳跟我吃的錢，簡直就像丟進水溝裡一樣浪費。」因為母親是這樣的人，每次外食，我彷彿都能聽見母親無言的哀號：「啊，好想快點回家，快點回家離他遠遠的。」父親應該也能感受到母親的哀號，所以父親不會跟母親說話，母親也不跟父親說話，我也不跟父母親說話，我們三個人都默不作聲，母親低頭盯著空碗盤，父親默默喝酒吃飯。

這就是我家的外食時光。

我和母親當然不可能享受這樣的外食，父親應該也好不到哪裡去，但卻還是偶爾會安排這樣的外食任務。

為了解任務，父母親加我三人搭ＪＲ線離開Ｑ市，到大城市的車站轉搭叮叮電車[2]。請留意，我們這一餐要去的餐廳，並不在ＪＲ車站附近。

* * *

叮叮電車起動的時候會迸出火花，行進時會發出嘰嘰嘎嘎的聲音。我會暈車，能搭叮叮電車而不是公車讓我鬆了口氣。我不知道怎麼搭，路線又是哪一條，是個天生的大路痴，再加上跟父親一起出門，全程都要服從他的命令，父親想去哪，我就跟著去哪，父親想做什麼，我就等他做完。無論路線與上下車的站點，我都只是跟著父親走，完全沒有想記住的動力。

今天也是一樣，抵達餐廳之前我完全不知道要去哪。雖然搭乘叮叮電車前聽父親說過「要去東華菜館」，但是我想不出是什麼漢字，也無法提出「漢字怎麼寫？」這樣簡單的問題，因為我們在人山人海的車站出口，又急著要趕搭叮叮電車，要是發問，父親可能會破

2 路面電車。

口大罵。

來到餐廳門口，父親指著餐廳的建築，我跟著他指的方向看過去，才知道「東華菜館」四個字怎麼寫。

（哇！）

好一座富麗堂皇的建築。

外面是精雕細琢的石柱，後來進了包廂坐定，身穿白上衣黑長褲的服務生向我們介紹那些雕刻，說是章魚和海馬，我第一眼看到時，還以為是漂亮的玫瑰呢。

父親走進菜館大門，對旁邊的櫃台說：「我是訂位的和治。」

站在父親後面三步遠的我，突然覺得面紅耳赤。

今天上午，Q市各地兒童會舉辦公園清潔活動，我在活動上遇到友坂尚子和另外幾個同年級的同學。我們午餐時間各自回家用餐，然後回公園集合，大家說到國道旁邊有個溜冰場，下午三點開始為優惠時段，問我要不要一起去玩。難得朋友約我去玩，我總不好意思只說一句不能去，所以在婉拒的同時解釋要與父母親外出。於是大家問我，是哪裡這麼重要非去不可？

這時候成年人會說句：「嗯，就家裡有事……」含糊帶過，但我才剛從小學畢業，所以就誠實供出是父母訂了餐廳。

友坂同學個性開朗，體育和學科成績都很好，是女生嚮往的類型。即將跟父母親一起行動讓我的心情無比沉重，或許當時下意識覺得友坂同學可以信賴，就不經意對她全盤托出煩心事了。

沒想到友坂同學聽了笑得花枝亂顫，她笑的是「訂位」這個詞。不過是去餐廳吃晚餐還要特地訂位？「你們真是怪物家族啊。」她說。

在此補充，我不知道友坂同學笑我的原因，不明白是因為當時在Q市，向餐廳訂位吃飯算是罕見的事情嗎？還是友坂同學身邊的大人沒有這樣的習慣？或者是大家很少離開Q市去吃飯？不過「怪物」是當時友坂同學那一群人專屬的流行語，等於進一步強調「怪異」、「奇妙」的感覺。友坂同學的意思只是說「妳家真的好怪喔」。

（怪物家族……）

我本身非常厭惡家裡折磨人的外食習慣，又被原本以為可以信任的友坂同學笑了，於是更加厭惡這樣的習慣，更覺得這習慣不好，羞得沒臉見人。

因此父親在東華菜館對櫃台人員說「我訂了位」的當下，我感覺全家人正在當怪物，羞得面紅耳赤。

「這邊請。」

身材修長的服務生穿著白上衣、黑長褲，我怯懦地跟在他後面，木地板就像箱根的機關盒一樣巧妙嵌合，服務生、父親、母親與我走在上面，發出微微的腳步聲。

服務生為我們打開一扇門，那門長得好像一大片明治巧克力，帶我們前往二樓的包廂，高高的天花板上掛著向三邊分岔的電燈，包廂裡的燈光有點昏黃，一張圓桌上蓋著白布，桌面擺著像白鶴一樣的細頸花瓶，瓶裡插了枝含苞待放的玫瑰。

（哇！）

剛才臉上難為情的熱氣都退了。

我看著包廂的裝潢看得入迷。

「請。」

服務生把菜單放到父親、母親還有我的面前，但只有父親打開來看。每次外食，父親都不會問我們想吃什麼，而母親和我也從不認為這樣很霸道，因為我們根本無所謂。我們三個人從不交談，無論吃什麼都食不知味。

父親和母親剛開始先喝了中瓶的啤酒，母親喝兩杯，剩下都是父親喝。接著送上陶瓷酒杯盛裝的中國酒一杯，只有父親喝。

父親每天晚上都要喝酒，但喝的量並不多。飯前一瓶中瓶啤酒就已經太多，所以他每天都會給母親兩杯，他的酒量就是這樣而已，因此無論在這天之前或這天之後，乃至多年後父親過世，我都沒有見過他酩酊大醉的模樣。父親喝酒的時候甚至比平時更沉靜，就算我不小心出了差錯（比方說打破盤子、湯汁灑出來之類的），他也不會開口罵我，就是這麼包容。

父親有時也會在家裡招待愛喝酒的客人，但他自己不喝，都是在勸酒。不過父親並非酒量不好，他喝了酒完全不會臉紅，而且對酒十分講究。父親認為酒是讓飯菜更美味的調味料，喝酒該是慢條斯理，就像在風平浪靜的池塘裡划小船那樣。

另一方面，母親的酒量就比父親要好，父親有時會離家數天，母親就會喝起不加水的威士忌或白蘭地，而且面不改色，也從來沒有酩酊大醉過。

請聽我說，也請留意上述這些前提，也就是說我父母對酒精都很有免疫力，而且喝酒不貪杯，所以事發當天他們都沒有醉。

＊　＊　＊

這天的外食一如往常，母親和我比父親先吃完。

父親總是一個人默默地，慢慢地吃著飯。母親和我則在接近沉默的狀態下等著。

「我去一趟洗手間。」

母親從椅子上起身，父親告訴她廁所在哪，他剛才已經離席去過一次。

母親才剛離開，服務生立刻進來關心有沒有什麼需要服務。

這位身材修長的服務生今天在櫃台替我們帶位，又為我們送菜單、點菜。他不算年輕也不算年長，還與父親聊起菜館裝潢哪些地方凝聚了美國建築師的巧思。

哦，是這樣啊！我在心中默默答腔。聽別人聊建築很有意思，而且東華菜館的建築相當迷人，我認為這天的外食不像平時那樣痛苦。

「我回來了。」

母親從廁所回來，服務生又像換班一樣緊接著離開包廂。

「那我也去一趟洗手間。」

我跟著服務生離開包廂，剛才已經聽父親對母親說過廁所的位置，所以我一點都沒有迷路，直接抵達離包廂不遠處的廁所。畢竟我是還沒升上國中的年紀，也沒必要補什麼妝，三兩下就完事回來了。

結果呢。

包廂裡空無一人。

（咦？）

是我跑錯包廂了嗎？

我先走出包廂，在走廊上確認那扇很像明治巧克力的門板，我沒弄錯，這就是我剛才走出來的包廂，桌上用過的碗盤匙筷，也與剛才離開之前擺放的位置一模一樣。

（到門口去了嗎？）

我連忙趕到櫃台，就是父親說有訂位，害我面紅耳赤的櫃台。

但是門口空無一人，我父母親不在那裡，也沒有其他客人，甚至連店員也沒有。

我又回到包廂裡，一名女店員正在將用過的餐具放上餐車，她工作得很專心，沒有發現我就站在包廂裡。接著有個人開口指示女店員。

我回頭一看，是剛才的服務生。

「啊，那個……那個……」如果我是個成年人，可能會直接問：「跟我一起來的人到哪裡去了呢？」或者更直白、半開玩笑地問：「奇怪，怎麼人都跑光啦？」

但我只是個鄉下小孩，生平第一次來到東華菜館這樣的高級餐廳，而且生性害羞，聽友坂同學笑我們家的習慣像怪物，還會羞得面紅耳赤。

「那個……不好意思……」我只能支支吾吾地開口。

「……」服務生一臉不可思議的樣子。

「……」這下我更不敢開口問些什麼了。

「剛，剛剛……在這裡的人……」我說得斷斷續續，簡直像是年紀小頭腦又不好的孩子。

「他們都已經回去了。」服務生盯著我瞧，就像在看什麼詭異的東西，對，像在看怪物一樣。

我也很清楚，現在自己的整張臉，連耳朵脖子一定都羞得通紅。

「呃，這樣啊。」我連忙回應，但差點咬到舌頭。我小跑步到東華菜館正門，走出門外。

外面下著小雨。

我身上除了一件深藍色的連身裙之外，就只剩口袋裡的一條手帕，沒帶傘。在那位致力拯救戰敗國昭和天皇一命的美國建築師替菜館設計了美輪美奐的門前，我只能呆立於此，無計可施。

我也不能打公共電話，就算我有錢可以打，又該打到哪裡去？自己家？父母還要很久才會回到家呢。

我就在小雨中盯著河上的橋發愣，此時身後的大門嘎吱一聲打開了。

「您要不要在這裡等一會兒呢？」

口氣並不和善，而且也不算禮貌，如果硬要說，就是跟剛才一樣難以置信的口氣。

服務生畢竟是成熟的人，肯定覺得我獨自被扔下來很怪異，又不好問一個孩子怎麼會變成這樣，也不清楚該如何應對，口氣只能這麼難以置信了。

「好」、「多謝您的好心」，這些我都說不出來。對方讓我暫時棲身，我卻沒能好好道謝，只能默默地坐在大廳的椅子上。雖然我當時已經小學畢業，實際上依舊只是個小學六年級的孩子。

如果說「不安」是一種滿腦子想著壞事的心理狀態，那麼我坐在東華菜館那精雕細琢的椅子上，心裡感到的並非不安。

還不到不安的程度。

只是我一頭霧水。

我腦袋轉得慢，反應又遲鈍，完全無法理解我當時的狀況。

一頭霧水。

就只是這樣，一頭霧水，霧到眼睛都花了。

我頭暈目眩地過了四十分鐘左右，我當時才十二歲，還不到戴手表的年紀，但我可以看大廳的時鐘。

就在這時候。

「妳這孩子啊……」

母親出現在我面前。

「在這裡幹什麼！」她逼問我。

「我在這裡幹什麼？」

為什麼要問我這個問題呢？

「……」

我一臉困惑地看著母親，她眉頭深鎖。

「你們兩位跑到哪裡去了？」我總算問出口了。

「說這什麼話！」

母親打了一下我的手。

「咦……？」

母親為何要打我手呢？

「妳是不是搭計程車去車站了！」

母親口氣激動，幾近尖叫了。

「計程車……？」

真讓人一頭霧水，莫名其妙。計程車？車站？我只是坐在東華菜館的椅子上發愣啊。

「快過來，快點！」

母親這次打了我的大腿。

「別拖拖拉拉的，快點！」

母親抓住我的手腕，用力將我拉出東華菜館，玫瑰般美麗的大門前，停著一輛計程車。

母親先上了那輛計程車，然後硬是拉著我的手，把我也拉上車。

車上的父親一見到我就大聲怒吼，吼聲大到車窗玻璃都震動起來。

「我再也不帶妳出來！這輩子再也不會帶妳出來！」

吼聲跟平常一樣大，但我還是全身發抖。

「妳這孩子真是的！」

母親又打了我的手。

「……」

我渾身僵硬，父母親的臉色好可怕，但我還是一頭霧水，究竟發生了什麼事？他們為何如此憤怒？

「不好意思，請問可以開車了嗎？」

司機先生好心問我們該不該開車，父母這才沉靜下來，計程車也就開了。

我們三個沉默了一陣子。

或許是我們三人的氣氛太僵，司機先生替我們開了收音機。

「……那個……為什麼剛才在東華菜館，你們突然不見了？」

車子經過高速公路的收費站，我才終於敢開口問。

「胡說什麼！」

母親又啪地打了我的手。

「都是妳搭了計程車去車站，我們才會追去車站啊！」

「……」

一頭霧水，滿滿的疑問堵住喉嚨，害我一句話都說不出來。

我搭計程車去了車站？為什麼？十二歲的我連怎麼搭叮叮電車都不會，怎麼可能自己攔計程車上車？別說這麼做，我連這樣的念頭都沒有過，更何況我身無分文啊。

「……」

出不了聲音，僵住表情。

實在是莫名其妙到了極點，讓我完全無法湧出傷心或困惑之類的情緒。

「我還在車站請人廣播！」

父親再次怒吼。

「……」

我一語不發。

真是一頭霧水。

最後到了家，我默默地洗手，回房間上床睡覺。

＊　＊　＊

為什麼呢？

父母親帶著上星期剛從小學畢業的十二歲小孩前往東華菜館，怎麼會認為小孩自己一個人會搭計程車跑去ＪＲ車站？他們覺得我是哪來的計程車錢？

假設父親當時喝醉了，雖然日後也發生了一些跟喝酒毫無關係的事情，但我姑且假設父親當時喝醉了。雖然他喝的量並不多，我還是假設當天他身體狀況不太佳，酒精格外有效。於是我假設，他因此有了奇怪的誤會吧。

但這麼一來，我就不懂母親，為什麼不跟父親說我去廁所了呢？

假設母親進入到「低位者害怕高位者而不敢開口」的狀態，那她在回程的計程車上應該也會全身緊繃，不敢開口，然而她卻氣得打我手，還說：「妳這孩子真是的！」所以她也認為我搭了計程車，我不懂他們為何都這樣想。

為什麼？

「問妳父母不就得了？怎麼不問呢？」我想大多數人會這麼想，稱呼父母為把拔馬麻的人，或許問得出口。

但我問不出口。

十二歲的我在計程車上看到他們有如凶神惡煞的表情，心想千萬不能讓他們再次想起這天發生過的事情，因而畏畏縮縮，我甚至覺得，是不是自己腦袋有問題？

我不會自己一個人去搭計程車，身無分文的我不可能搭計程車，可是父親、母親兩人異口同聲說我擅自搭計程車離開東華菜館，前往車站。

兩個大人對一個小孩，不計代價拿成年人的權威做擔保（至少小學剛畢業的我看來是如此），說我自己一個人搭計程車去車站。是我腦袋有問題嗎？我好怕真的是自己腦袋有問題，我不要再想起這件事，以至於不敢問。

＊　＊　＊

四年之後。

先前提過「日後也發生了一些跟喝酒毫無關係的事情」，就在四年之後。

我們去了某座山上的名寺。

那是我高中一年級的暑假。遠非一般人心目中和樂融融的暑期家庭旅遊，打從出門那一刻，不對，打從整理行李開始，我們三個人的心情都沉重無比。就跟去東華菜館一樣，又是一頓無意義的外食。

一家人在寺裡住了一晚，隔天早上離開。

我們是搭纜車從寺廟下山，但是從寺廟到纜車車站還有二、三十分鐘的車程。我們走出寺門的時候，往返寺門與纜車車站的公車剛好離站，於是我們搭計程車去車站。

公車與纜車的班次互相配合，既然我們公車沒趕上，當然也就錯過纜車，我們得等二十分鐘才有下一班。

我們三人坐在纜車車站的長凳上，這裡是觀光勝地，傳統風格的車站整修得很漂亮，長凳也乾淨無塵。

與長凳呈九十度角之處有個小商店，規模不大，頂多算是個小攤，賣點口香糖、報紙、風景明信片、郵票之類的東西。

就在離長凳幾步的距離，就這麼近。

我發現商店在賣風景明信片，就指著明信片對父母說：「我想在那裡買風景明信片，寄給××老師還有○○跟△△，可以給我錢嗎？」

我說的人名是班導師跟表姊妹，父母親都知道的人。

「也好，從這裡寄出去會有郵戳，收到了一定會開心。」

母親給我錢，我立刻前往商店……其實根本說不上是前往，我就只是從長凳起身走個幾步，買了風景明信片，給三個人寫了一些別來無恙之類的寒暄字句，然後丟進商店前方的郵筒。商店前有一組小桌小椅，桌上綁了一支原子筆讓人寫字。給老師的就寄到學校，我也記得表姊妹○○跟△△的住址，很快就把明信片寫完。商店和車站牆上都掛著大時鐘，看看時鐘就知道，纜車還沒發車。

我寄出明信片就要回到長凳上……不，還說不上是「回」的距離，因為我離父母坐著的長凳就只有幾步，他們兩個都看得到我。

母親卻臉色大變，一把抓住我的手腕。

「妳怎麼又跑到寺裡去了！」

我到寺裡去了？我完全不懂母親在說什麼，只能愣愣地被她用力拉走。

「車子剛好到了。」

母親把我拉到父親面前。

車子剛好到了？什麼車？我只是在離他們幾步（大概四、五步）的地方，他們都看得見我，我也沒離開過啊。

父親一看到我就大聲怒吼，吼聲像打雷一樣響亮，惹得周遭的人都往這邊看過來。

「妳竟然又搭計程車去寺裡！」父親大聲怒吼。

「妳這孩子真是的！竟然搭計程車去寺裡，究竟在想什麼？」母親的口氣也很淒厲。

我想我當時應該臉色蒼白，怕得好像全身血液都凍住了。令我害怕的是父母莫名其妙的憤怒，就跟東華菜館那時候一樣。

為什麼我們三個才剛離開寺廟，我會要一個人搭計程車回去？

給我錢買風景明信片的不就是母親嗎？當時我們家依然沒有發零用錢的習慣，但是我已經上了高中，不是東華菜館那時的小學生，所以我戴著手表，有個小錢包，裡面裝了筆記本、手帕，還有六枚十圓硬幣，出事的時候可以打公共電話，可是我哪有錢可以搭計程車，付三十分鐘車程的車資？不對，當下已經不是有沒有帶錢的問題，而是我明明在等纜車，為什麼還要回寺裡去？

那天早上晴空萬里，是個清爽的早晨，父親、母親早餐時都沒有喝酒，在纜車車站的長凳上當然也沒有喝酒。

「……」

一頭霧水，我只是很害怕父母的莫名其妙，腦中不禁響起四年前友坂同學笑得花枝亂顫，說「你們真是怪物家族」的聲音。

纜車的發車鈴聲蓋過了友坂同學的笑聲。我們跟著其他乘客一起搭上了纜車車廂，默默下了山。別說沿路風景，就連下山之後回家的路程，以及前一天寺廟裡的光景都已經從我記憶裡消失，一切都這麼莫名其妙。

請相信我的話，這些都是千真萬確的事實，絕對不是我捏造出來的。

重申一次，我的父母並沒有使用暴力，也沒有對我做出什麼惡毒的行為，我就只是一頭霧水而已。

未成年的時候有一次，成年之後有三次，我有機會比較詳細地對其他人提起父母的計程車事件。我很少有機會找別人說話，但這四個人（都是成年人）都很快打斷我，不高興地說：「不可以這樣說自己的父母。」他們所謂的「這樣說」究竟是怎樣說？我不清楚，難道我談起父母時的口氣讓對方聽了不愉快嗎？

之前都是還沒講完就被打斷，所以這次投稿給文容堂，是我這輩子第一次詳細描述這個謎。

我無意怪罪父母，只是想解開疑團。就和「換名條事件」一樣，我只想知道為什麼有人要換掉我的名條。

造訪山中名寺，以及「東華菜館事件」，為何父母親會以為我搭了計程車？請告訴我答案。

日比野光世

搭計程車，其回答

這究竟是怎麼回事呢？

我和光小姐一樣，感到頭暈目眩，一頭霧水，究竟怎麼回事？

這次我也只能舉雙手投降，不過您提到了東華菜館，之前我說過我家長子目前住在關西，因此我也久聞這間餐館大名，而小犬由於工作的關係，也有緣與餐館的現任老闆相識。

餐館老闆名叫于周忠先生。我也只見過他一面。他從上一代手中接棒，是一位才年過四十的俊秀男子。

我就是想起這位先生，才打電話問您「能不能將這份投稿給他讀讀？」您之前同意我們將投稿公開，但我還是決定隱瞞您的姓名與地址，僅將內容影印下來，由小犬轉交給老闆。結果老闆非常用心地回了我們一封信，我們省略老闆的寒暄招呼，以下就是他回覆的內容，請您過目。

＊　＊　＊

兒玉先生，我已拜讀您附上的影本。

也就是說H小姐在我父親年輕的時候，光臨過敝餐館。以這年歲推算回去，當時我還只是個孩子，不禁懷舊了來。……抱歉離題了。

這件事確實不可思議，以下表達我個人的看法。

首先是H小姐的母親前往廁所的時機，通常女士前往廁所，就代表用餐已經差不多結束了。

就在同一時刻（母親起身的同時），父親可能開口說道「也該走了。」或者父親自認說了這句話，或者做出有這個意思的舉動。總之父親本人認為「差不多該走了，而且大家也都明白」。

這時候母親回到包廂，父親心想該走了，卻沒聽見女兒說「我也去廁所。」或者父親一心認為女兒上完廁所不會再回包廂，而會直接前往門口。

父母親走出包廂，在走廊上沒見到女兒，就問敝餐館的服務生：「看到小孩嗎？」這位可能不是當天負責您用餐包廂的服務生，又碰巧見到其他客人的孩子離席，在誤會之下就回答：「已經下去了。」

父母親前往一樓，在大門前詢問敝餐館的員工：「小孩呢？」好巧不巧，被問到的員工方才見到其他客人的孩子，與家人一起在餐館門口搭上了計程車。

由於顧客之間也可能產生互動，這位員工或許認為眼前這對老夫妻是覺得另外一家的孩子很可愛，格外關注，因此只回答一句：「搭上計程車了。」

H小姐的父親聽到這句話，又追問：「往哪個方向去了？」餐館門前的馬路是向南走，考慮到當時的商業設施不如現在這般多樣，員工直覺認為顧客吃完晚餐就會搭計程車回家，又因門口是南向道路，自然就回答「去車站了」。

H小姐的父親只聽到「車站」，就此引發了後續的混亂。

在這裡，我們先倒轉時間，以母親的立場分析看看。

用完餐點之後，母親想必也認為差不多該回去了，同時父親可能也這麼說了，或者表現出想回去的意圖。

母親心想這頓飯吃得沒意思，趁丈夫（H小姐的父親）心情還沒變差之前快回去吧。母親當然沒有特別注意身邊女兒的狀況，至少在當下，母親看待女兒的心態與父親大同小異。因此母親與父親採取一樣的行動，心想女兒已經下去一樓，便前往門口。

再將時間拉回來。

這對父母以為女兒失蹤了，父親勃然大怒，母親也跟著完全無法冷靜思考。人的思考一旦超出某個範圍，理所當然的事也會煙消雲散。

於是女兒去上廁所的事實消失了，女兒沒有零用錢，乃至於女兒根本不可能有錢搭計程車的事實也消失了。

父親可能平時就不關心家人的生活，或者氣昏了頭，因此他與母親一樣，心中理所當然的答案也消失了。

當事實消失，人就無法正確地推導出答案，只是一口咬定女兒獨自搭上計程車去了車站。

我個人認為這件事的原因就是如此，應該與喝酒沒有關聯。

若我的推論有哪裡猜對了，那表示敝餐館在待客服務上也犯了一些錯誤。身為現任負責人，我要對當天光臨的H小姐一家人致上歉意。

兒玉先生給我的影本中，也提到H小姐一家人在計程車上的事。

當時十二歲的H小姐無法直率地詢問父親與母親，也因此無法指正兩人的誤會。

H小姐離開敝餐館之後為何不糾正父母呢？我並沒有立場評論這件事，但我個人非常在意，因此針對影本後半所言之事一併提出意見。

H小姐之所以什麼都沒有說出口，我想關鍵在於「父母的暴怒」。

或許H小姐家中並不如電視劇或廣告那樣幸福美滿，但女兒失蹤會讓父親破口大罵，代表父親非常擔心，並非忽略不管，反而是父親「心中有愛」的表現。

但是這份「愛」終究只是當事人自己想像的「愛」，而不是替對方著想的「愛」。至少被愛的對象並不這麼覺得，只是當事人認為自己有充分的「愛」。

這兩者之間具有落差，被愛的人對這落差非常敏感，當事人也不認為自己沒有「愛」，當事人認為就算有偏差的愛一樣是「愛」。

「愛」可以說是動物的本能，當事人自認充滿了愛，被愛的對象卻同時受到不明的斥責，這種矛盾擾亂了H小姐的冷靜思考（對十二歲小孩來說這是理所當然的），我想這就是H小姐無言以對的原因。

發生在敝餐館的狀況，碰巧屬於「家庭之外」的外食時間，H小姐或許因此印象深刻，但會不會H小姐在家裡的日常生活也經常發生一樣的事情呢……我這麼想，繼續閱讀影本後續，果然不出所料。

先前提過「人的思考一旦超出某個範圍，理所當然的事也會煙消雲散」。

H小姐會害怕也是難免。我認為H小姐的父親與母親兩者之間，因為某種因素而習慣性形成這種思考迴圈。

日常生活養成的習慣，有時候足以掌控某個世界的大局。要脫離或改善這樣的習慣並不容易，而且這屬於日常生活，對幾位當事人當然不可能覺得有問題，對他們來說，這就是理所當然的世界。

當H小姐在敝餐館碰上這樣的意外，我只能根據以往的人生經驗來分析（？），當我還小的時候在父母家裡會做些什麼，想些什麼。

既然皃玉先生託我提供意見，這封信當然可以轉交H小姐本人。信中若是對H小姐有何不敬，還請原諒我才疏學淺。

我身為現任負責人，必定努力改善服務，由衷期望能拭去H小姐過往的傷心往事並成為有美好回憶的一家餐廳，還請H小姐再度上門光顧。

東華菜館　于周忠

＊　＊　＊

我已拜讀東華菜館事件（包含後面發生在纜車車站內的事情）的投稿。

我很清楚您不願意胡亂抱怨自己的雙親，甚至可以說您所有煩惱的核心僅是您沒有機會照實說出自己家中發生的事情，或者是您有著超乎常人的自制力，才沒有說出來。

您說您不願意稱呼自己的父母為「毒親」，您會抗拒「毒」這個形容詞。為何會抗拒呢？我想正如東華菜館的于社長所說，因為您心裡很明白（或說有這樣的感覺），辰造先生與敷子女士並沒有虐待您。

過去事發當下，您即使不明白所以，卻仍然感覺得到，現在或者說長大成人後，您清楚知道了，才會心生抗拒。

但也正如您上一份投稿所說，若父母對孩子施加殘忍的暴力（包括肢體暴力、性暴力以及心理暴力），而且只要一百個字以內，就能清楚描述父母對孩子所施加的暴力，對於這樣的父母親就沒有必要特地給出一個像「毒親」這樣的名稱，他們就是明顯的邪惡、犯罪。

什麼是「毒」？其實麻藥也算是毒，卻能用在手術上，治療患者的疾病或傷勢，然而也會因使用不慎而造成嚴重意外。

我想「毒親」不就可以代表這樣的意思嗎？只是也有人因此濫用、誤用這個詞罷了。

您之所以不想用這樣的稱呼，或許是您成長的環境使然吧，讓您對事有種宛如信仰般的不可通融。麻藥可以是毒，也可以是藥，同樣地「不可通融」也能說是「完美主義（潔癖）」。

不可通融的您，若是無論如何都不肯使用毒親這個詞，那就改成「謎樣的毒親」吧。加上這個「謎」字，是不是少了點壓力？多了點空間？

這次的事件完全就是「謎樣毒親」的體現。

您在這次投稿的開頭，提到〈豪邁的鴕鳥〉這首歌。

這是一首滑稽的歌；

這是一首傷心的歌。

我想除了您之外，一定還有其他小學生聽了也想哭，只是不能在課堂上哭出來。因為這一哭，就會被「大家」的「勢力」給排擠出去。

當老師在音樂課上播放這首歌當作影像教材，還說了那些話，「大家」就非笑不可。每個人都必須與「大家」的「勢力」同化，只有天賦異稟的天才例外。

如果一個小學生能夠清楚說明為什麼這首歌又滑稽又傷心，不僅要有能夠名留青史的智慧，還要同時具備遠勝常人的美貌，才足以讓旁人無法咒罵這份智慧。

當一個人了解自己的智慧與容貌……也就是了解自己的本錢，在那樣的情況下只好低頭不笑，隱瞞自己沒有笑的事實。

您願意承認自己的平庸，這態度令我十分佩服。

您以自己的懦弱為恥，讓我更了解自己有多麼懦弱，比您更加難為情。

您從小就刻骨銘心地感覺自己平庸，或許比您在家裡碰到的怪事更加棘手。

媒體經常報導，最近的孩子不再說「我長大要當機師」，而是「我長大要當公務員」，我認為在孩子心中，機師和公務員其實是一樣的。

孩子的第一志願，往往就是那個時代最受歡迎的人物，就是最能獲取當代「主流勢力」好感的狀態或立場。孩子是狡猾大眾最初的原形。

小學剛畢業的孩子，身無分文，卻在知名餐廳門口招手攔計程車，這畫面……

我大笑，

然後，

流淚了。

下次有機會，是否願意與我等一同去東華菜館，重新好好吃頓飯？

兒玉清人

各位朋友，于周忠社長，我由衷感謝前幾天貴店美味的中華料理。

＊　＊　＊

多段式電影

文容堂，您好：

今天是個萬里無雲的星期天，因此我從K站北口搭公車前往市民森林。我坐在橡樹底下，享受森林的芬芳，發現不遠處有對老夫妻，看來八十多歲，跟我一樣坐在地上。我聽見他們喊對方「孩子的爸」、「孩子的媽」，那位「孩子的媽」拿了一張廣告傳單之類的亮面紙墊在屁股底下，「孩子的爸」則是直接坐在地上。

老夫妻有很重的東北腔，說著：「以前住的房子也是面對田地，春天看來就這個風景。」、「就是說啊，那房子很大的。」

不知道那棟房子是什麼格局呢？

再沒有比五月的森林更美更舒服的地方了。

樹葉逐漸繁茂起來，站在點點的林蔭之中，感覺生命都獲得洗禮。

數十年前的那個星期天，我也是以同個姿勢坐在木板階梯上，但當時我卻無法為五月而感動。

那年我國一，也覺得五月相對舒服，但並不特別覺得美麗或者動人，代表我當時只是個少女。

稱少年少女有些累贅，在此不分男女，將十來歲的人都稱為少年，我想說的是少年即使身處五月，也無法感受到五月的美。

＊　＊　＊

數十年前，國一的我坐在木板階梯上，對這晴朗的五月感到厭倦無聊。

我就坐在從上面數下來的第三階。

這棟交給建築師全權規畫的鋼筋水泥屋蓋得很詭異，樓梯就設計在一家三口用起來最不方便的位置上。

但是樓梯本身的功能其實很好，每一階的長度與寬度都很方便踩踏，若是光著腳，木板踩起來也很舒服，木料顏色漂亮，樓梯斜度方便上下，簡直就像拉格納．奧斯特伯格（Ragnar Ostberg）設計的一樣好。對國一的我來說，這座階梯真是開放又自由的空間。

只是這座樓梯蓋在很不方便的位置，所以幾乎只有我在使用這座樓梯。在樓梯上不會有平時在父母身邊那股沉重的壓力，我只要坐在從上面數來第三階，就能感受到微風吹拂。我還誇張地把這陣風稱為「自由的氣氛」，將這座木板樓梯命名為「自由自在的樓梯」，當然只有我自己知道。

我會知道拉格納．奧斯特伯格這位建築師的名字，是從用大頭釘掛在「自由自在的樓梯」那面牆上的月曆上看到的。每年年底家裡都會收到許多月曆，但我們家什麼都不肯丟，於是不好用的月曆就會掛在不需要月曆的地方。

十二張的月曆動都沒動過，都五月了還停在第一頁。第一頁是鐘塔的大照片，照片的版面比日期部分大很多。大版面的彩色照片印著小小的說明文字「英國・倫敦・大笨鐘」，四月是「荷蘭・鹿特丹・風車」，十月則是「法國・巴黎・香榭大道」。

我出生的那個月份照片是瑞典，說明是「瑞典・斯德哥爾摩・拉格納・奧斯特伯格設計的市政廳」，就只有這個月的建築提到建築師的名字。直到多年後，我才知道奧斯特伯格在設計市政廳內樓梯斜度的時候，計算過最適合成年人上下樓梯的斜度，以及樓梯面板面積。

距離我困在柬華菜館門口發愣才過了兩個月的當時，我還不知道這件事。

而且那時候還沒有網際網路，資訊與物流不像現在這麼發達，城市與鄉村的生活可說大不相同。

那年我母親四十九歲，父親五十八歲，依當時一般家庭裡最大的孩子若是十三歲，父母平均年齡應該是四十歲與三十七歲，再加上我的父母看來比實際年齡要老五歲以上，所以班上同學都笑我父母是「阿公」、「阿嬤」，我只能低頭不語。

＊　＊　＊

那個時候只要是平日早上，我就會穿水手款式的制服前往市立中學上課。

若我家離學校三十分鐘路程以上，父母就准我騎腳踏車通學，可惜父母認為從我家那棟鋼筋水泥屋走路到學校的路程是二十八分鐘，我只好徒步通學。

國中的通學路程是小學的三倍長，手上的書包裝了好多課本，還有體操服，提這麼重的東西讓我的手沒多久就長了水泡。不過，小學時沿路只有田地，現在途中會經過拱門商店街，算是小小的散心時間。

穿過拱門，走進市內數一數二的大馬路，只要沿著大馬路走就可以抵達學校，但是途中有條比較窄，與大馬路平行的小巷，我通常會走這邊，因為這條小巷有著一戶「可以自由自在過暑假的人家」。

這只是我擅自這麼認定的。我與那戶人家並不相識，也不曾進過那一戶的家門。

那是一棟平房，有一座磚頭砌成的低矮外門，但是沒有圍牆，馬路和院子之間種了一排杜鵑。早上路過的時候，面向馬路的落地窗都關著，但是社團活動（學校規定所有一年級都要參加運動社團）結束後回家的路上，落地窗通常都開著。

那扇落地窗有窗簾，會捲起一半高，從外面可以看到裡面的塑膠地墊是草綠色的，還有張小小的摺疊式矮圓桌，桌上經常有個塑膠水壺，裡面裝著柳橙汁。

這棟房子的開放感以及屋內的擺設，在我看來真是愉快又溫暖。

（要是我住在這戶人家，碰到星期天或是比較長的寒暑假，就可以隨意看書或偷懶，忙社團或悠閒度過。想去朋友家的時候，也只要說一聲就可以了。）

比方說我一時興起要去早水美鈴同學家，只要說聲：「我去一下同學家。」就可以騎腳踏車出門……每次路過，我總覺得這戶人家就是這樣。

因此我將這戶人家取名為「可以自由自在過暑假的人家」。

* * *

五月某個星期六的夜晚，我第一次從「裝飾品」中抽出赫塞的書來讀。

以前日本普通家庭的會客室大多有些典型的「裝飾品」，例如新潮社的世界文學全集，平凡社的百科全書，以及約翰走路的酒瓶。

這一本是高橋健二翻譯的。

去年我還是小學六年級生，常讀的書是偕成社與金星社的大字書，今年我拿了更上一層的書，字體大概就像「瑞典．斯德哥爾摩．拉格納．艾斯特堡設計的市政廳」那麼小，漢字旁邊幾乎都沒注音。我閱讀的速度並沒有加快，可是看書不是為了學校作業，這書翻譯的文筆又好，所以我體會到慢讀的快樂。

隔天是晴朗的星期天，吃午餐時我想出門一趟，晴朗的五月星期天下午是如此使人慵懶，不適合國中生在家看書。

我沒有特別想去哪裡，畢竟手上也沒有零用錢，無法去要花錢的地方，就只想騎腳踏車兜風而已。

（我現在只剩A格線筆記本，數學比較適合B格線筆記本，吃完午餐得去Sunstore賣場買。）[1]

（單字卡用完了，我要去Sunstore賣場買，如果家裡需要買什麼我就去買，然後順便買單字卡。）

我一邊吃午餐，一邊想著適當的藉口，因為每次出門，我都要提出父母親能接受的理由才行。

（還是選B格線筆記本好了……）

我打定主意，放下筷子。

這時NHK新聞正好在報導玻璃工藝品，電視螢幕上拍到一本書，上面擺了一個玻璃紙鎮，我只看到書名有「玻璃珠」三個字，立刻就跳到下一條新聞了。

「赫塞的《玻璃珠遊戲》（Das Glasperlenspiel）。」我脫口而出。

我昨天讀的是另外一本小品，但是電視報導的那本書剛好收錄在我之前拿到房間看的赫塞作品裡，所以我脫口而出，連自己都沒發現。

「××」

父親咋舌，說了一句聽來不甚愉快的話。

母親嚇得上半身緊繃。

我也驚覺不妙。

每次父親只要一咋舌，接著肯定會罵母親或罵我，這是家裡的日常。

---

1 A格線的橫線間隔為7公厘，B格線為6公厘。

倒不是破口大罵，而是靜靜的責怪，比方說醋味噌涼拌嫩筍花椒芽的口味沒調好，或是水龍頭沒關緊害他聽不清楚新聞主播講什麼，再不然就是花了幾十秒熱酒讓他等太久。如果在那戶「可以自由自在過暑假的人家」，這些責難的理由應該都是雞毛蒜皮的小事。

但是父親就會因為區區的醋味噌，區區的水龍頭，區區的熱酒而批判妻子與小孩的整個人格。他說我們反應慢、做事毫無方法，跟這種反應慢又不合邏輯的人住在同一個屋簷下，實在難以忍受。

家人替你熱酒，你只是不喜歡酒的溫度，就罵家人沒有邏輯，我想這才不合邏輯。但是母親和我被罵了卻悶不吭聲，不就代表這家人天性陰沉嗎？父親總是以低沉、細小的聲音說出陰沉的批判。母親因為區區的醋味噌遭到批判，自尊心受損；孩子因為區區的燒酒遭到批判，怯懦退縮，於是餐桌上湧起一股充滿整個餐廳的沉默，而且三人都無法打破這股沉默（包括父親在內）。

所以電視機是這個家的必需品，如果沒有電視機，我們三個人都會很傷腦筋。有個詞叫「輕蔑的眼神」，如同速食的套餐那樣只說一半你就知道全部的內容，父親就經常給我這種輕蔑的眼神，例如我脫口而出「赫塞的《玻璃珠遊戲》」的時候。

父親嘖了一聲。

「《玻璃珠遊戲》是福樓拜（Gustave Flaubert）寫的。」接著又說：「妳連這個也不知道？」

我想他應該是弄錯了什麼，就連我這個國一生都知道，但是我不敢說：「把拔你弄錯了吧，《玻璃珠遊戲》是赫塞寫的啦。」就跟我不敢說天氣很好，我想去散步一樣。

我知道《玻璃珠遊戲》的作者是赫塞，因為我才剛看過赫塞文選，裡面有這一篇；因為我從「裝飾品」裡抽出赫塞作品的時候，看過《玻璃珠遊戲》的標題。

「要是覺得我騙妳，就去把會客室裡面的全集拿來。」父親這麼說。

我辦不到。「要是覺得我騙妳」這句話讓我動彈不得，而且我要拿，就得從自己的房間拿來，父親就會發現我把「裝飾品」拿到自己房間。在房間裡讀書真是太「女孩」了，我很害怕，父親和母親那麼期待我像個「男孩」，先前母親才說過：「喜歡看書的人就是個性有缺陷，跟偷竊、欺凌他人沒兩樣。」

我活在這樣的生活中，要拿「裝飾品」來看也得偷偷摸摸，但是我現在還沒想好理由來回答我為什麼偷拿裝飾品。我必須先練習、模擬，才敢跟父母說話。

算了，《玻璃珠遊戲》的作者是誰都不重要，我想早點解脫。如果我堅持是赫塞，把眼前陰沉的氣氛搞得更加陰沉，倒不如提前幾秒鐘驅散陰沉的空氣，我想解脫。

我渾身緊繃，就像兩個月前從東華菜館回來的車上一樣，只能看著母親，覺得或許能有解脫的機會。

這只是我的感覺，如果要對別人詳細描述這個感覺，就要由現在這個年紀的我來補充。「這次父親的誤會很單純，只要母親馬上前往會客室，把世界文學全集裡面的福樓拜文選拿來就好。我們馬上可以瀏覽福樓拜的作品有哪些，或者可以拿全集附贈的小冊子查詢所有的作品與作者，現在正是母親對父親展現本領的時候啊。」我有一股衝動，想用女性的身分對同為女性的母親做出這項請求。家裡的領袖（家長）是男性，女性地位低下，我只是個國一生，是個地位低下又被迫盲從的無力女性，不過妳是成年女性，妳應該不需要繼續盲從吧？現在不就是好機會嗎？我有一股難以言喻的衝動，想這麼告訴母親。

但是母親垮著一張臉，要說她在淺笑也說得通那樣垂著一雙眼，望向窗外，看都不看我一眼。

（啊。）

我的心，應聲跌到谷底。

我懂了。

我在這家裡是沒有同伴的。

我一直隱約覺得是這樣，又希望只是我的誤會，但現在我知道了，這並不是誤會。

＊　＊　＊

隔天，星期一。

午休時間。

我人在一班的教室，七班的早水美鈴同學來找我。

靠走廊最後排的同學說我有外找，我走到教室門口，早水同學與跟她同班的友坂尚子站在那裡。早水同學小學和我不同班，升上國中後一起參加美化委員會，所以剛認識。我們沒有聊過什麼像樣的話題，但是她總將眼鏡拿在手上，我覺得我們有點相似。

我小學五年級的時候，左眼視力是0.2，右眼是1.5，不戴眼鏡也無妨，升上小六、國一之後，左眼視力降到0.08，右眼也只剩0.8，所以就配了眼鏡。

但是這種左右眼視力落差大，無法單靠眼鏡就矯正。眼鏡跟隱形眼鏡不一樣，眼睛和鏡片之間有一段距離，不能配合左右眼做不一樣的度數，要是兩眼度數差太多，成像大小不同，會讓人頭暈眼花。鎮上只有一家眼鏡行，技術也不太好，當我戴他們家配的眼鏡，看黑板上的粉筆字還算清楚，但是上體育課，參加社團活動，甚至日常生活的一般移動，就會頭暈眼花，像暈車那樣想吐，所以我都是把眼鏡拿在手上，只有要看遠處才戴上。我想早水同學可能也是這樣，不禁湧起同病相憐的感覺。

「她說有事情要問妳。」

友坂同學推了早水同學背後一把，將她推到我面前。

「呃，可以問血型跟星座嗎？」

「咦？血型跟星座？我的？」

「對。」

「我是……」我才說完，早水同學幾乎是丟下友坂同學，快步衝往七班教室。

鄉下國中的校地很大，一班與七班兩間教室之間隔著長長的走廊、一座中庭，還有穿越中庭的聯絡走廊。

（何必特地來問這個呢？）

她千里迢迢跑來問我，但問了就跑掉，我只好愣在教室門口，沒想到早水同學途中將眼鏡收進水手服的胸前口袋，從裙子口袋裡掏出一張白紙瞧了幾眼，然後一百八十度轉身，又回到一班教室前。

「妳每個月都看什麼雜誌？」

「咦？」

問得真突然，但我還是回答了一本電影雜誌的名字。

「有時候我能買，有時候零用錢不夠就沒買。」我這麼說。

「零用錢不夠」是謊話，因為我不知道該怎麼解釋，這麼說比較方便。如我先前投稿所說，我家並沒有零用錢，當我需要什麼就向母親請款，如果東西較便宜就會有找零，我的存款就來自這些零錢。母親偶爾會漫不經心，這時候向她請款，她會拿出遠高於品項金額的金錢，而我就會拿到很多找零。運氣不好的時候，我得把零錢還給母親，運氣好我就能存起來。運氣好的時候我不會當及時行樂的蚱蜢，而是當保守謹慎的螞蟻，把錢都存起來。所以我也不會每個月都買電影雜誌，只是偶爾買而已。

「等一下，等一下喔，我要抄起來。」

早水同學想把我說的雜誌寫在從裙子口袋裡掏出的紙條上，於是友坂同學向靠走廊最後排的同學借了鉛筆。

「為什麼要問這個？」

「別人拜託我的。」

「誰拜託的？」

「我親戚。」

早水同學已小跑步回到七班，友坂同學向我說聲「再見」，就跟著早水同學的腳步離開了。

* * *

當天放學時間。

我經過站前商店街的拱門底下。

「光同學。」

上了國中之後，只有幾個以前小學同班的女生還會叫我一個光字。但是這人不叫我「小光」，而是「光同學」，這還是頭一遭。

這麼叫我的人，是個身穿高領學生服，戴著眼鏡的男生。

我認識這個人，去年在小學最後一次地藏盆[2]的時候，他來幫忙一起布置臨時舞台。由於上臨時舞台跳舞的是婦女會，我又去婦女會幫忙，聽其他幫忙搭舞台的大人說，他住在Q市與隔壁市交界上的某個村裡。

婦女會唱著孩子們耳熟能詳的〈櫻花櫻花〉、〈江戶日本橋〉，身穿漂亮和服跳起簡短的日本舞蹈，我站在舞台旁邊，看到指令就用扇子搧風吹紙片，或者把紙傘交給台上的成員，很簡單的幫忙。當時負責放音樂的就是這個男生，不過當時我們並未交談。

「我姓早水。」

我現在才知道他姓什麼。他說他現在讀Q高中一年級，是早水美鈴同學的堂哥，是

2 以兒童為中心的節日，每年八月二十三、四日舉行，用來祈禱兒童無病無災。

從她那裡得知我常看的雜誌。

「美鈴也在，她是來修眼鏡的。」

聽他這麼說，我望向明治堂，早水同學就站在「明治堂鐘錶」的霓虹招牌旁邊。戴著眼鏡，不是拿在手上。

「地藏盆的時候，我還以為妳只跟我差一歲，沒想到妳跟美鈴同年啊。」

「應該是婦女會借我穿的浴衣太老氣了。」

我幫忙的時候，婦女會借了我一套花樣很老氣的浴衣穿，另外我頭髮長度符合照校規在肩膀以上，用了多條橡皮筋巧妙地綁成一團，遠看像是日式高髮髻，或許因此讓我看來老成許多。

「我搭公車上學時，經常在Sunstore裡的書店看到妳，但是我想妳應該不記得我，所以沒有叫妳。」

「我記得。」

「真意外，那這個給妳。」

「這是……」

他幾乎是硬把東西塞到我手上，那是Sunstore裡的書店（不是母親每個月底會去付帳的那間）的購物袋，然後轉頭看著身邊無所事事的堂妹，聊起他們的爺爺奶奶，音量還大了一點。接著他們頭也不回，就快步離開了。

我隱約從袋口發現，裡面就是午休時間我跟早水美鈴同學說過的電影專門雜誌。

＊＊＊

我回到鋼筋水泥屋，回到用布簾隔起來的房間，從購物袋裡拿出雜誌。

感覺真愉快。由於我當時是個少年（也就是未成年），無法客觀體認自己是愉快的，但是在往返學校與住家的平凡生活之中，發生了這樣的事情，任何平凡少年應該都會感到愉快。

我愉快地翻開雜誌，因為看得太入迷了，沒多久早水同學的堂哥就從我腦海中消失。

我不僅喜歡介紹新電影、當紅演員的頁面，更喜歡介紹老電影跟電影大師的連載短文。這一期介紹的是導演路易・康曼西尼（Luigi Comencini），這可不是偕成社或金星社的書，也不是我正在讀的新潮世界文學全集，這輕快的文筆令我亢奮。

文章先提到電影《Le Bambole》，再提到截然不同的《烽火戀人》(La Ragazza di Bube)，還有愛卡・索摩（Elke Sommer）有點朝天鼻，笑起來像小獵犬一樣可愛。文章的文筆就像在大城市的街邊喝咖啡聊天一般輕鬆。

文章提到長著小獵犬臉的女性很迷人，這說法對當時國一的我來說真是「知性」。文章介紹的都是我沒看過的老電影，感覺很「高尚」。我讀了這篇文章，才知道《Le Bambole》這部電影的形式屬於多段式喜劇（comedy omnibus），其中omnibus源自於法文的「公共馬車」。獲得新知識令我好開心，也就更加愉快了。

可惜鄉下少女這小小的「愉悅」，不過數小時後就要被摧毀了。

＊　＊　＊

數小時之後的夜晚。

這棟設計詭異的鋼筋水泥屋沒有走廊，無論要去哪裡，都必須穿過幾個房間。

我穿過父親正在看電視的餐廳，穿過母親正在縫裙子的廚房，才能進到浴室。

洗完澡出來，我半坐在餐廳角落的圓凳上擦頭髮看電視，當時正在播放電影，電影已經結束，正在預告下周將播放義大利電影《昨天・今天・明天》(Yesterday, Today, Tomorrow)，我傍晚剛好在雜誌上看到這部電影的介紹。

「這是多段式電影。」我一時愉快，脫口而出。我心裡有股念頭，父親因《玻璃珠遊戲》而對我投以輕蔑的眼神，因誤會而責備我，我想扳回一城，所以還追加一句：「意思是公共馬車。」

「×××××」

茶杯應聲碎裂，是父親雙拳猛砸餐桌，把茶杯震落到地上。

「×××××，×××××」

父親一如往常，突然大吼大叫。

當一個人要表現強烈的憤怒，不，甚至是動物的吼叫，其中都有一股情緒或者慾望存在。但是父親的吼叫並不像任何生物，那是更不一樣的東西，就像大型機具重砸在地，或者炸藥突然引爆那樣，總是突如其來，令人措手不及。

當下我也聽不懂父親說的日文，餐廳裡不斷被聲音炸得天翻地覆。

我整個人僵在圓凳上，臉色鐵青的母親連忙從廚房趕來，清掃地上的茶杯碎片，擦拭餐桌上翻倒的茶水，然後怯懦地站在旁邊。這時我才知道，父親是在吼我「多段式電影」這句話，父親認為只有低賤的人才會說「多段式電影」這種話，所以非常忌諱。

「道歉！」

父親命令我。

大嗓門配上凶狠的臉色讓我害怕，但更讓我恐懼的是黑暗。

突如其來的黑暗。

就像突然被人推落陰暗的萬丈深淵，令我震驚。

我不懂，為什麼？

「什麼公共馬車？道歉！」

父親命令我。

「光世，道歉，快道歉！」

母親永遠站在父親那邊，這我昨天已經確定了。

「對不起，都是我的錯。」我道歉了。

萬丈深淵底下是沒人會幫我的。

我沒有兄弟姊妹，也沒有爺爺奶奶同住，在場沒有任何目擊者，我完全不知道為何非道歉不可，但現在要逃出深淵只有一個方法，就是道歉。

「妳剛才講的東西，是《明星》跟《平凡》這種低俗雜誌才有的！」

當下父親說到《明星》、《平凡》這兩本雜誌，格外字正腔圓，搭配起來也格外滑稽。這讓我格外驚悚，小丑臉，各位看到小丑的臉時不怕嗎？

「妳讀了低俗雜誌？」

這一問，讓我更是嚇破了膽。

一時我產生幻覺，是不是有徵信社把傍晚那件事報告給父親了？

我確實讀了雜誌，讀了男生給我的雜誌，我沒提過是男生給我的，我是偷偷讀了。講解《Le Bambole》的散文作家，以輕快瀟灑的筆法形容「莫妮卡．維媞（Monica Vitti）的魚尾紋，有著稚嫩小姑娘所沒有的煽情」，真是知性又隨興，我覺得好美，好愉快，如今遭到天譴——我錯亂了。

「給我跪下道歉！」
父親下令，所以我照做。
這下他總算降低嗓門，我也總算能站起身了。
（老天爺啊。）
我起身，祈禱。
（老天爺啊，請不要再來一次「東華菜館事件」跟《玻璃珠遊戲》了。請不要再把我推下莫名其妙的深淵了。）
我垂死掙扎，從電視上方拿起研究社的英日中辭典，翻到「omnibus」這個詞。翻譯第一條：「公共馬車，公共汽車」。我把這頁拿給父親看。已有老花眼的父親戴上眼鏡，看了看。
「以前也是有這樣的用法。」他這麼說，明顯可以聽出他有苦難言，我實在嚥不下這口氣，因為父親絕對不會承認我沒有錯。
父親在這樣的情況下也不肯認錯，並不是出於父親的權威，家長的尊嚴，或者當代男性的名聲。他沒有這種情緒，我很清楚感覺得到。要是我發現父親心中有這些情緒，反而能夠嚥下這口氣。但是我在父親心中，母親心中，只感覺到各不相同的恐怖怪異。

（我想盡快逃遠一點。）

我想快點走掉。

快點離開這裡。

不做他想。

「我要睡了，兩位晚安。」手裡擦頭髮的毛巾垂了下來，我就這麼離開餐廳。

「明天××家要守靈，白包應該包多少才好？」

母親在我身後詢問父親，我穿過「裝飾著」新潮世界文學全集的會客室，穿過堆滿東西的房間，穿過另一個堆滿東西的房間，走上「自由自在的樓梯」。坐在從上面數來第三階，用手心摸著木板，看看月曆。

（這裡是國際機場。）

只要我幻想，樓梯就是機場。

（出發囉。）

只要我幻想，飛機就會起飛。

（我要去斯德哥爾摩。）

我翻開月曆，身後高處的一扇窗透來微微月光，看不太清楚照片，但我記得一清二楚。

（市政廳是奧斯特伯格設計的喔。）

我說了多段式電影就被迫道歉，說了公共馬車也得渾身發抖、被迫跪地磕頭道歉。父親是多麼蠻橫，我又是多麼無能？只有樓梯能給我些許的慰藉。

＊　＊　＊

「我喜歡坐在樓梯上。」

我將不折不扣，百分之百的真心話告訴了早水同學的堂哥，因為他剛才問我：「我最喜歡聽披頭四，妳呢？」

我們這次巧遇的地點不是商店街，而是在Sunstore超市裡的書店。

時間是星期二的傍晚。

星期一晚上發生了那樣的事情，隔天我整天提不起勁，帶著一片渾沌的腦袋聽課。第六堂課是社會課，社會老師似乎告訴網球社顧問老師說我身體不太舒服，於是網球社顧問老師叫我可以不必去社團。總算有樁好事，可以不必跑那一點都不有趣的社團活動，光這樣我就開心了。我虛弱地笑著，走出校門，走到「可以自由自在過暑假的人家」門前，發現風雨窗[3]緊閉，應該是沒人在。或許看不到裡面是件好事，如果看到了，我可能會嫉妒自己的幻想，更加失魂落魄。

「幸好那家的風雨窗關著……」

「哪家？」

「咦？」我嚇得回神，看看早水同學的堂哥。

「咦什麼？妳剛才不是說了那家？」

「啊，喔……上學途中會經過〇〇〇路，旁邊有條小巷，裡面有一戶可以自由自在過暑假的人家……」

3 日本傳統民宅的窗戶會加裝一層木板，關起來可抵擋風雨。

我不知道該從何說起，而且當下也沒有那個精力，沒有那個慾望解釋清楚。

「哦，妳講的話挺難懂的。再見啦。」早水同學的堂哥轉身。

「告辭了。」我對著他的背影說，然後轉向另外一座書架，但他又跑回來。

「我在想，下個禮拜天要不要一起去××會館？Q高中的管樂社要辦演奏會喔。」

公立的××會館不在Q市市內，在民營鐵路上，距Q市約二十分鐘車程的車站（JR也會經過）旁邊。

「不行嗎？」

「對。」

「妳說對，就是不行的意思？」

「對。」

出門可是一樁大事，我重申一次，當時我已經沒精力去想下個禮拜天出門的藉口了。

「妳這麼討厭我？」

「討厭？討厭什麼？」

「妳剛剛說啦。」

「我沒說啊。」

「我說要不要一起去××會館，妳說不要啊。」

「我沒說，早水同學說的才怪。你會不會太衝動了？先不提你今天的提議，你問我要不要去參加活動，我就只回答要不要參加活動。就算我真的想去參加活動，也可能當天已經有了其他事情不是嗎……」

我滔滔不絕，彷彿要把連續受到父母親莫名責罵的怨氣全都吐出來。我受不了任何莫名其妙，講不通道理的說法，這個心態讓我說話的口氣就像在講解學問。

「而且每個人家裡都有苦衷，家家有本難念的經啊。」

這部分我講得特別大聲。

「講得這麼井井有條，我真是敗給妳了，所以我才沒想到妳會跟美鈴同年。」

早水同學的堂哥口氣無奈，卻笑得頗為開心。

「妳家的苦衷，讓妳沒辦法去××會館聽管樂社演奏？」

「如果家人問我跟誰去，我沒辦法回答。」

「原來如此，妳家真嚴格。」

我想說跟嚴格不一樣，但我說不出口。剛才我還指責他在××會館演奏會這件事上太過衝動，但當他一提到我的家庭，那個「井井有條」的我瞬間煙消雲散。

「妳家裡的人一定整天叫妳念書念書對吧。」

「……」

「畢竟妳是獨生女啊。」

「……」

「門禁肯定也很嚴吧。」

「……」

我完全不是他所形容的那種獨生女。

「慎吾。」

他回頭，我也跟著看去，出聲的是早水美鈴同學。

「那再見囉。」

我對兩人揮手道別，離開Sunstore，回到空無一人的鋼筋水泥屋。

＊　＊　＊

大概過了十天左右。

七班的早水同學在午休時間跟友坂同學一起來一班教室。

「慎吾是為了爺爺奶奶著想，才會選Q高中的……」早水同學說，堂哥的成績可以考進縣內第一高中，但是那兒離Q市很遠，他家又在Q市郊外，去一趟爺爺奶奶家得搭昂貴的民營鐵路公車。但是如果有通勤用的定期票，就能經常拜訪爺爺奶奶，他就是這樣的好孩子——說到這裡，早水同學突然提到花道家池坊專永，她說池坊專永夫妻從小就互訂終身，而且原本就是親戚關係，接著她說：

「妳不要故意對慎吾說些奇妙的話好嗎？」她將把話題拉回堂哥身上。

「妳亂講一些天真浪漫的話，吸引早水同學未婚夫的注意，我覺得很不好喔。」友坂同學對我這麼說：「所以那個……希望妳別靠近早水同學的親戚了。」

說完，兩人勾著手回到七班去了。

畢竟我們只是國一生，過個幾天又聊起別的話題，有說有笑。但是後來有好一陣子，早水同學的堂哥都沒有再來跟我說話。我並沒有刻意「不去靠近他」，但不知為何就是碰不到面。或許是我去Sunstore時都沒有戴眼鏡，即使遇到了也沒有認出來吧。

＊　＊　＊

二〇一×年五月。

星期天。

在市民森林遇見東北腔的老夫妻之後，我回程去了一趟咖啡館，在那裡寫下這篇投稿。

之前我曾經對三個人提過「多段式電影事件」，其中一人就是早水堂哥。

父親第一週年忌日那天，我在××會館附近那個 JR 車站的月台候車室上，他出聲把我叫住。

我們搭同一班車前往新幹線的發車車站，當時他的女兒剛出生，看起來很幸福。「不知道我能不能像令尊一樣當個嚴父啊。」他對我這麼說，我認為我父親並不是嚴父，所以對他說了「多段式電影事件」。

或許是我在電車上沒能講得像這篇投稿一樣詳細，早水堂哥認為父親是誤以為我講了什麼和性有關的名詞（與另外兩個人提起時，他們也是一樣的猜測）。

但要是如他們所猜測，我就更搞不懂了。因為父親那種人，反而會對和性相關的話題避而不談。

就算那三人的推測都正確，那個電視上播放下周電影預告的夜晚，我有必要受到那樣強烈的斥責嗎？這個問題，我從來沒能問過任何人。

市民森林裡坐在一起的老夫妻，一起吃了飯糰，「孩子的爸」拿水壺給「孩子的媽」倒了杯茶，兩人邊吃邊聊。

他們看起來好耀眼。

我想這樣一對父母所養育長大的孩子，看到我一定覺得很陰沉。

「故意說些奇妙的話引人注意。」

早水同學跟友坂同學對我抗議。

即使在多段式電影事件之後，我依然不斷受到這種抗議與毀謗，直到現在。

我選擇這家咖啡館，是因為橡樹的樹蔭蓋到了露臺座上，樹葉沙沙作響。
啊，多麼美麗的五月。
如今嫩綠五月給我的感動，比少年時多上數千倍。

日比野光世

多段式電影事件，其回答

以下為回答。

「不覺得五月感動的我，確實是個少年。」您的投稿如是說。

真是一句名言。

「少男少女身處五月，自然不可能感受這季節的美。」

深有同感，好一句名言。

少男少女正處於整個人生之中的五月，還不知道人生中的其他季節，因此不可能為了五月而感動。

少男少女那麼美麗，他們皮膚彈潤，美不勝收，有著美麗的外表。

但是那些歌詠少男少女心思細膩的傻子是怎麼回事？這種人也會說孩子是天真無邪的天使，難道他們過去的回憶都從腦袋裡刪掉了嗎？

您說您與早水美鈴同學在國中時期一起參加學校的美化委員會，而我剛才提到的傻子成年人則是「過去美化委員」，這種過去美化委員會美化過去的自己，投射在少男少女身上，因此對少男少女異常寬大，這可真傷腦筋。

其實少男少女都很遲鈍。

遲鈍到感覺不出五月天的美。

遲鈍到聽不出五月和風的音色分分秒秒都在改變。

就因為聽不出來，少男少女每天都過得很無趣。他們錯過了葉片上的露珠是如何滾動，覺得人生無趣只好尋求刺激。他們就像是上妓院還討價還價的嫖客，自己不肯努力，只希望對方取悅自己，而且付的錢要愈少愈好，免費更好。少男少女總是渾身沾滿黏膩的慾望，也總是心想，人生無趣。

全世界的少男少女都高喊「大人好骯髒」，只要任性的慾望無法獲得滿足，就把錯推到他人頭上。他們的私慾多如油，擠個青春痘油就多到夠炸一鍋天婦羅，卻對這樣的自己自鳴得意。

他們神經大條到看不出五月的美。

臉皮厚到盛讚自己的醜惡。

而且只要被人戳破事實，被人指責他們臉皮厚，就立刻翻臉耍賴。

這就是少男少女的真面目。

而他們也因此可愛，也因此受到大人保護。這叫做大人有大量，自己過去也做過相同的事情，於是能微笑面對他們的膚淺。

我想，您的父母親沒有這樣的大量。

天底下哪有一個十三歲的女兒，只因說了《玻璃珠遊戲》的作者是赫塞，就要遭到父親斥責？

哪有一個女兒只因說了「多段式電影」，就要被父親逼著下跪道歉？

聽了這個故事的早水慎吾先生與其他兩人之中，是不是有人放聲大笑？這件事就是這麼令人搖頭。

一個封閉又隔離的空間中，有一個權力架構，這架構以鐵鍊綑綁了隔離封閉空間內的人們，空間外的人看了可能會搖頭，甚至捧腹大笑。

過去也有多起犯罪案件因此發生。當我看了這份投稿，才發現這樣的權力架構很危險，隨時都可能孳生在天底下任何人的心中。我不禁搖頭，同時也感到恐懼。

由於辰造先生已經過世，如今無法確認他當時盛怒的理由，但即使他尚在人世，我想也沒人問得出答案。

假設您有祖父母或兄弟姊妹同住，並且在您說出「多段式電影」的當下也在現場，也不可能清楚那怒火的起因，因為所有人都在那「隔離封閉空間內的權力架構」之下。

如果真的要搞清楚原因，恐怕得是在那當下有個家庭成員之外的成年人在現場。假設當下現場有個「在隔離封閉空間內的權力架構之外」的成年人，叫他X先生吧。

假設辰造先生勃然大怒之際，X先生詢問：「你女兒只是說三部短片集合起來的電影叫做多段式電影，為什麼要生這麼大的氣？」辰造先生即使在心底多少會有些許隱瞞，但終究能找出理由，如此，X先生會知道答案，您也會。

但要是X先生隔天才發問，想必辰造先生本人也不清楚原因。過個一年再問，完全無法知道原因；過個兩年再問，辰造先生本人可能連這件事都不會記得。畢竟他罵人的方式完全不合邏輯。不僅沒有邏輯，也不像上次東華菜館那樣雖是本位主義，至少還會擔心／顧慮他人（也就是您）。這次您只是受到了沒必要的斥責，如此而已。我重申一次，您的父母親，想必是沒有大量啊。

文容堂

＊　＊　＊

敬覆者，文容堂：

在「第一個第一名」那次投稿中，我提過在Subway遇到一對年輕情侶說到「爸爸很嚴」、「家裡很嚴」，社會上因商業主義持續投放「嚴格的爸爸」、「可怕的爸爸」的形象，在眾人心中形塑出一種刻板印象。

假設異性打電話給家中的獨生女，這種爸爸會說「我女兒不在」並立刻掛電話。像現在手機普及，若在女兒旁邊聽到她跟男生講電話，就大喊「快掛掉！」……我想武藤同學對我父親的印象也是這樣吧。

武藤同學與我同年級，我知道他是個轉學生，他在縣內搬了新家，更換學區，轉到我讀的學校。

武藤同學的新家離我家還算近，所以曾經把威廉・薩洛揚（William Saroyan）的短篇朗誦錄音送來給我，那是英文課的補充教材。英文老師挑了一些學生來聽原文朗誦，要學生以英文寫心得，參加縣內幾間學校所舉辦的比賽。母語人士朗誦的錄音檔數量不夠，於是按照住址分組，住得近的兩個人共用一份。武藤同學跟我分在同一組，他聽完送來給我。

他多少從同學口中聽說我家教很嚴，怕我父母親誤會他偷偷摸摸地過來是有什麼不良企圖，所以特地選擇我父母應該都會在家的時段，還帶了他媽媽準備的一小包茶點，才上門送英文補充教材。

出去應門的是母親，武藤同學好像對母親鞠躬解釋：「這是英文老師要我送的資料，我聽完之後輪到和治同學聽，所以我就送來了。」（我是後來聽母親與武藤同學本人說的。）

這棟交給建築師全權設計的房子格局詭譎，一進玄關就是會客室。所以母親接受武藤同學的鞠躬，以及武藤伯母準備的茶點之後就說：

「真勞煩你特地跑一趟了。」

母親直接把武藤同學帶進會客室，請他坐沙發。但也不能說帶他進會客室，是由於家裡格局詭譎，他只是從玄關往內走進來一點點而已。

當時我正在院子裡拔草。母親到院子裡告訴我武藤同學來訪，我身穿圍裙戴著草帽，就這麼走到會客室收下薩洛揚的資料。

「謝謝你。」我說。

「嗯，先走了。」武藤同學說完就回去了。

就這樣而已。

武藤同學的媽媽特地準備了茶點，他卻沒有喝到一口茶（我真的不敢對母親說「給武藤同學泡杯茶」），也沒跟我聊上一句話，就這樣回去了。

他後來很有成就，考上了舊帝國大學，街坊鄰居對他評價都很高，說他很會念書又有禮貌。他媽媽溫柔又開朗，剛搬來立刻就被選為町內會的幹部。

他的服儀也很端正。我記憶中的武藤同學，襯衫領口總是雪白乾淨，不僅領口洗得乾淨，還燙得硬挺，髮型當然符合校規規定，上學時穿高領制服，此外穿的就是襯衫加背心，還有燙得筆直的長褲，就像私立學校的制服一樣。

反過來說，青春期女孩在更衣室或放學後的教室三兩成群，嘻嘻哈哈地聊八卦的時候，就絕對不會提到他的名字。

我想父親應該也見過這位武藤同學。根據我家的格局，只要打開隔間門，就能直接從會客室看到餐廳，也就是說從餐廳能直接看到會客室。

當時是盛夏時分，隔間門是完全打開的。

如我投稿過的「恐怖昆蟲館」所說，家裡不肯丟東西，餐廳可說堆得亂七八糟，父親更是只穿著內衣。我一想到武藤同學看到這些景象就好丟臉，但武藤同學對我這位父親依然彬彬有禮。

可是武藤同學一回去，只穿內衣的父親立刻勃然大怒。

「連美國人也不會把男人帶進屋裡！」

……如果只是這樣，或許只是比廣告中的「可怕爸爸」再過分一點點罷了。

如果只是這樣，我或許會自然而然地學到一些方法來瞞過父母的眼睛。「瞞過父母的眼睛」乍聽有點壞，但人不是在理解善惡之中逐漸長大的嗎？不也是會為了不讓人擔心而學說些善意的謊言嗎？

但就因為不只是這樣，我才說是疑團。

＊＊＊

一樣是我還在穿制服的年紀。

班上的同學中村惠理打電話來。一看中村惠理這個名字，應該就知道她是女生。

當時是晚上八點，或者七點五十五分左右。

她打電話來是要轉告我：「明天體育課，女生的創意舞蹈要用的彩帶，從藍色換成紅色了。」（我是後來才知道電話內容與轉告事項。）

接電話的人是父親。

中村同學向父親說：「我姓中村，如果光世同學在家，請她接電話好嗎？」

父親竟是勃然大怒：「大半夜的還打電話來，妳這人怎麼搞的！」

而且聲音非常大。

餐廳裡的母親，以及廚房裡的我都嚇了一跳。
被怒吼的中村同學當然也嚇得發抖。
「啊，那個，明天的體育課……」她用顫抖的聲音說著要轉告的事。
父親板著一張臉說：「有個壞學生打電話來。」然後將話筒交給我。
晚上八點，中村同學打電話通知我明天上課需要帶什麼東西，卻被說成「壞學生」。
當下我腦袋一片空白，不知道該怎麼向她道歉才好。

＊　＊　＊

同樣的時期。
無論是穿制服的年紀，或現在這個年紀，我的長相都一樣。以我的長相，即使離開Q市走到原宿大街上，也絕對不會有什麼經紀公司的星探來搭訕。
但是過去與現在有個非常大的差別——當時我還年輕，還是青少年。
每個青少年都會嘗到酸酸甜甜的心動滋味，對象不一定是搶眼的俊男美女，就算是同為青少年的醜男醜女也行。

程度當然會因為生長環境與個性而有所不同，從看到電視上的當紅偶像而心動，到天雷勾動地火的激情都有。姑且不論程度高低，每個人在青春期都會碰上戀愛。

所以伊勢谷同學也產生了這樣的感情。

這種感情最麻煩的地方，就是當事人無法控制，跟感冒一樣。沒有人會想要在重要的考試之前故意得流感吧？

我認為伊勢谷同學無論在學校或住家附近，多的是喜歡他，以及與他合得來的異性，但不知道為什麼，他就只纏著我一個人。

伊勢谷同學時時刻刻跟蹤著我。

早水慎吾送我電影雜誌，早水美鈴與友坂尚子說我是在吊他胃口。我在先前的投稿中仔細描述了當時的來龍去脈，無論當時或現在，想到早水同學和友坂同學都令我遺憾，但我並不生氣，我認為她們兩個批評我是有其理由。

但是——

我完全不記得有展現過什麼態度會引得伊勢谷同學要一直纏著我。

藉著這份投稿，我要清楚說明，我討厭伊勢谷同學的外表，意思是我不想與這種外表的人談戀愛。他並不是那種會被霸凌的文弱男孩，而是一個開朗活潑、興趣多元、成績中上的男孩；但我是名少女，在感情上（伊勢谷同學所期望的交往關係）對外表的喜好可以說是非常直覺，我無可救藥地討厭他的外表。而且被他纏得久了，連看到他的臉、聽到他的聲音都會討厭。

無論我怎麼勸他住手，他就是不肯放棄糾纏。先前提到中村惠理同學晚上八點打電話來，但是伊勢谷同學竟然在晚上十一點半左右，跑到我家門前的馬路上彈吉他。原來他在跟蹤我的時候，已經調查過我的房間在二樓，而且面對馬路。

我只要聽到吉他聲，就會逃命似地迅速關掉電燈，而且無論要溫書、看休閒書或聽收音機，都只能將檯燈拿到棉被裡免得透出光線，真的很討厭。

而且我也不能找父母親商量說有噁心的人出沒，要是我說出這件事，父母親肯定會大肆批評我，遠超過友坂同學與早水同學的程度。「肯定是妳故意吊人胃口，真骯髒！」請各位朋友參考先前多份投稿，理解我就是會在事情還沒發生就害怕會遭到這樣的責罵。

後來伊勢谷同學竟挑了父母都在家的假日，闖進我家玄關。當時××會館附近某家大型綜合醫院要舉辦慈善義賣會，他就拿著傳單過來，說：「我來送通知。」

他按了玄關的門鈴，應門的是父親。

掛著世界各大城市月曆的樓梯底下，傳來父親的喊聲。

「有個叫伊勢谷的人來了。」

如果我能看見自己的表情，當下聽到父親這麼一喊，肯定是鐵青著臉。

我裝作沒聽見，躲在隔壁房間成堆紙箱的縫隙之中。

父親平時不僅不走樓梯上下樓，連電視頻道都要吩咐家人去轉，沒想到就在我最不想見到的伊勢谷同學來訪那天，他竟然特地爬上樓梯來找我。

「妳在這裡幹什麼？妳一個姓伊勢谷的同學來了，快去見他。我帶他去會客室等著了。」

父親這麼說，我連忙搬出一些「我頭痛」、「我發燒」之類的藉口。

「這點小事就忍著吧。伊勢谷同學可是特地拿了通知單過來見妳，快點去會客室。」

由於父親已經顯得不耐煩，我只好前往會客室，從伊勢谷同學手中接過義賣會傳單，然後假裝感冒咳嗽，立刻躲回房間裡。

父親對武藤同學和中村同學大發雷霆，看到伊勢谷同學來訪卻完全不同，這是為什麼？

我認為這完全不是大眾認知中的「家教嚴格」或者「不讓大野狼靠近獨生女」，所以使用「毒親」這個說法令我猶豫。

任何人在青春期或多或少都會碰上麻煩，而隨著我步入青春期，在家中也經常碰到與小學時期不同的疑團。

我將在下次投稿接著描述當時發生的事——

掠過肌膚的風

文容堂，您好：

我在前年搬到相鐵線K站附近，不遠處有個賣場，我只要去那裡就有點暈眩。

從正門的門面，到店內貨物的陳列，燈光的設置，冷氣機吹出來的氣味，全都跟Sunstore賣場一模一樣，讓我誤以為穿越時光回到青春期。

另外還有一個很重要的因素，就是店內播放的樂曲，大多是我青春期當時的電影音樂。

這次我要提起在穿制服上下學那段時期，發生過多次的怪事，那些令我不舒服的疑團，至今難解……

* * *

我上下學會走的拱門商店街途中有許多連接小巷的出口，其中有個靠近車站的出口，連接一條小酒館林立的巷子。

這條巷子裡的第一間酒館外牆上，總是貼著「近代電影院」（簡稱近映）正在上映的電影海報。

近映完全錯過了電影要在電影院看的年代，平時都在放三級片，只有清明、新年與春秋連假才會放一般電影，而且檔期比大城市要晚很多。

秋季連假開始之前，牆上的電影海報是一位裸體女演員，輪廓就像高村光太郎的雕像一樣美。

「咦？要放那部片？」

我靠近外牆，不是要看海報上那引發熱議的藝術裸體，而是看底下的「即將上映」通知。我完全沒想過會輪到Q市電影院放這部片，真是太驚訝了。

「哇！」我將書包放在腳邊，蹲下來看著「即將上映」的電影標題與導演姓名。

只要電台播放電影配樂節目，我就會連忙錄下來。如先前投稿所說，我就是這麼聽音樂來看幻想電影，而且我沒有零用錢，所以只能用同一捲錄音帶不斷蓋過舊的錄音。當時最新錄下的一首曲子，就是這個「即將上映」的義大利電影配樂，內容是青春期男孩女孩的淡淡愛情故事。

「妳在看什麼啊？」

有人戳戳我的背，回頭一看是同班的男同學佐多，以及暱稱奈子的林奈津子。

「哦，近映要上這部片啦。」

兩人靠近海報的時候，又有一位新垣同學經過，兩個男生就搬出破鑼嗓子，唱起某部海報很出名的熱門國片主題曲。

「妳和我，相愛過……」

「互相傷害，好壞壞……」

歌詞東缺西漏，兩人還揑著假音學情侶邊唱邊扭，逗得我跟奈子捧腹大笑。於是我們四個人決定一起去看這部片。

「問題是怎麼跟家裡的人講。」我交叉雙臂。

「講什麼？」奈子愣了一下，就像微風惡作劇地短暫掀起裙襬那樣短暫。

通常國高中生不會對人提起家裡的事情，主要是學校的事情（課業、考試、打掃、運動會等等）就已經多得應付不來，根本沒空去提家務事，但我想另外一個原因，就是青春期特有的強烈羞恥心。

不知不覺間，青少年對家務事的定位可能不到性器官那麼隱晦，但大概跟內褲、胸罩差不多的程度。而我在無意識之中突然提到家務事，就像一陣風吹起裙襬一樣的突然。

只要想到奈子當時愣住的表情，就知道我在青春期為何經常跟她一起行動。奈子和她的家人無法理解為什麼看個電影跟家人報備會需要猶豫，很令我羨慕，覺得「好好喔」。

「簡單跟家人說，要跟學校的朋友去看電影不就好了？不行喔？」

「嗯，對啊，可是，那個……」我支支吾吾。

「貼著這種海報，當然難開口了，是不是？相愛過……」

「對呀，好壞壞……」

新垣同學跟佐多同學又扭來扭去，佐多同學說：「我們要跟爸媽說想去看這部電影，比女生麻煩多了吧。」

奈子聽了也交叉雙臂，一臉「聽你這樣講也對」的表情。

「對了，利用久本本吧。」

「久本本」並不是我們的同學，而是一名年輕的國文老師，姓久本，他跟新垣同學的姊姊剛結婚沒多久，也就是新垣同學的姊夫。

「邀久本本一起來吧……」

新垣同學的意思是說，佯稱JR車站的××會館正在上映縣政府製作的電影《鄉土歷史》，邀請姊夫一起來看。

新垣同學的爸爸是Q市教育委員會的主委，因此久本老師婚後可以說是對老婆言聽計從。也就是說難得一個連假，久本老師當然會想欣賞一下藝術的裸體，所以新垣同學建議邀久本老師一起去，我們對父母則說要跟久本老師一起去看××會館的「教育電影」，背地裡先跟久本老師套好招。

「不錯喔，說不定久本本還會幫我們出電影票錢呢。」

連同學都隨口稱呼這位老師「久本本」，可見久本老師沒啥威嚴也沒啥分量，就算有他同行，我們也不會尷尬。而且學校老師同行，父母比較容易答應，這真是絕無僅有的錦囊妙計了。

「那就說定啦，新垣你要好好搞定久本本喔。」奈子拍了新垣同學的肩頭，然後直接問我想穿什麼。

「妳要穿裙子去？還是褲子？」

「咦？不是穿制服喔？」

只要父母在家，我出門就一定是穿制服，當我穿著制服站在玄關門口支支吾吾說：「那個……」他們就會以為制服代表「要辦跟學校有關的事」，那我就很有機會出門散步個三十分鐘左右。

「假日何必穿制服呢？佐多同學跟新垣同學也不會穿制服去吧？」

兩個男生點頭，奈子又說：「對了，我們在家政課不是有用做睡衣剩下的布料做髮帶？戴那個去啦。」

「知道了……」

連我自己都不清楚是「知道」什麼，只好說「我會戴髮帶」。

我只答應髮帶這件事，就跟另外三人告別。

分開之後，通學路上的氣味我至今印象深刻。

我一路走得都很安心。

我這個人做事遲緩又拖拖拉拉，無法迅速做決定，碰到什麼事情都要猶豫。由於我腦筋動得慢，連擦個地板也很慢，打籃球時搶不到球，講話也慢，什麼都慢。我總是讓人不耐煩，獨處的時候才會安心，不會讓父母、老師、鄰居、同學等其他人等得不耐煩。只要獨處，就不會被別人討厭，我的遲鈍就不會麻煩別人，我就能很安心。

說到國中三年級的秋天，大城市的國中生應該都在拚命念書準備大考。這裡算不上是大城市，但奈子、佐多同學跟新垣同學，在家可能也跟在學校大不相同，一臉嚴肅地拚命讀書。

但是我……老實說我並沒有念書，不念書到佩服自己的程度。

如果鎮上有個補習班，不一定要去補習，只要看到外牆貼的海報與年度榜單，我或許會更緊張一點。但我十來歲的時候，Q市完全沒有任何補習班，我也沒有學過任何才藝。不是每個同學都去補習，但很多同學去學書法、風琴、鋼琴、英文、算盤、芭蕾舞等才藝，我什麼都沒學，就只是傻傻地浪費無比珍貴的光陰，完全沒有用功讀書。

如之前所說，青春期的男女會莫名其妙地心動，或者對愛情充滿好奇，但不代表談過實質的戀愛。佐多同學跟新垣同學那種「相愛過」、「好壞壞」的男女肉麻戲會讓我捧腹大笑，但是對鄉村小鎮的平凡男孩女孩來說，實際的性愛通常都是「虛構」的。

回顧當時，我讀三年三班，曾經跟二班的加瀨同學傳紙條，就像佐多同學跟奈子那樣。當時我們不打電話，也沒有電子郵件，就是傳紙條。我們會從筆記本撕一小張紙條，或者利用學校講義的背面，寫些「今天下雨，早上到學校鞋子都溼了，超不舒服」、「真的，明天要洗鞋子了」之類無關痛癢、芝麻綠豆的小事，然後趁著短暫的下課時間，在走廊上迅速交換紙條。就只這樣。佐多同學跟奈子還一起逛過公園，溜過冰，看過電影，但我和加瀨同學哪裡都沒去過，我們不曾在校內並肩行走，午休時間也不曾一起吃過便當，我們就只是傳紙條而已。

我就像一團泡沫，每天過得像一團泡沫，完全沒有現實的肢體接觸，也不曾想像過，每天大概就是這麼度過。

＊　＊　＊

跟他們三個約好要去近映那天，吃完早餐之後，我專心尋找一個好時機，什麼時候說我要外出才能獲得批准？千萬不能錯過。

一切都看時機了。

我期望父親會不會突然對我說：「這麼好的天氣待在家裡不健康，還不騎著腳踏車出個遠門逛逛？」可惜有時我只是說：「我去Sunstore買個豆腐。」他也會反對：「去超市會經過那個經常出車禍的路口，不好。」之後明明是他命令我煮豆腐味噌湯，卻發現家裡沒有豆腐還會大發雷霆。我每天吃完三餐都會刷牙，他曾經罵我：「刷那麼多牙會傷害琺瑯質！」結果三天之後我要去看牙醫，他又罵我說：「看牙醫之前先多刷牙！三餐吃完之後都應該要刷牙！」

有個形容詞叫做「燙手山芋」，我的父親則是「燙手的硝化甘油」，或許母親也很怕接觸這團硝化甘油，這股恐懼雖不至於讓她像父親那樣一觸即炸，但也讓她這個人變得像是一罐墨水或油漆，一個不小心翻倒的話，就會弄髒衣服或雙手。

因為這樣，我想要是沒有抓準時機，就只能放棄去近映。我已經告訴過奈子他們，要是會合時間過了五分鐘我還沒到，就當我不會到了。

昨天晚上聽到父母今天分別有事要辦，整天都不在家，當時我暗自慶幸，不過當下什麼都沒說，等到隔天早上父親走出玄關，大概三分鐘後母親也準備出門，我趁機開口。

「那個，我下午也要出門，跟林奈津子同學他們一起去幫忙久本老師辦事，就是去年當班導師那個久本老師。」

我沒說清楚要幫忙做什麼事，只是說個母親熟悉的人名，打算蒙混過關。母親正急著出門，只說了一聲：「哦，這樣啊。」就出去了。

（好，成功了。）

我鬆了口氣，但是我沒說要去××會館，所以不可能申請電車的車票錢。之前投稿說過我有存錢的方法，就從存款裡挪出了電影票錢。

上午先打掃、洗衣服，中午做點簡單的午餐來吃，刷個牙，然後打開廉價的三合板衣櫃，裡面沒幾件衣服。

「要穿什麼去呢？今天沒下雨……」

我有學校制服，有被迫出門外食才會穿的連身裙，其他衣服就如先前投稿所說，都像男用工作服。父親有個朋友家中經營工廠，專門生產男工用的作業服、內衣、襪子、睡衣等等，他們送的衣物就成了我的便服。

我連「要去散步」都不敢說，所以也不可能隨便買衣服。母親很討厭女裝與和服，她常說：「沉迷打扮的女孩就是頹廢。」父母親希望我，應該說希望自己的女兒「像個男孩」，尤其母親身為女性，心目中「最不像男孩」的行為就是用心打扮。

「這件太正式了……」

我拿出定期外食才會穿的連身裙，然後又收回去。

「對了，還有這個。」

我從衣櫃裡抽出母親朋友送的衣服，是灰色人造纖維的打摺A字裙以及深藍色人造纖維背心。試著拿這些搭配家政課做的藍白格紋棉襯衫。

畢竟是我做的襯衫，做工非常差，背心上也起了毛球，那件不記得穿過幾次的裙子也皺巴巴的。只是奈子說「拜託不要穿制服來」，我也只好選這套穿了。

（醜死了……）

我穿上自己挑選的衣服，對著鏡子一瞧就討厭，但轉念一想，既然佐多同學跟新垣同學要來，那穿成這樣還比較好。

我所擁有的便服種類並不多，就算種類很多，若是為了有男生同行就特地穿漂亮衣服也太糗了。這該怎麼說呢？女生就是有自己的規則。我想無論城鄉差距，古往今來，男女合校的女生都有這樣的共識。

我從衣架上拿起褲襪（上學穿的那種不透明褲襪，很厚很堅韌）要穿，發現右腳大拇指的位置破了個洞，仔細一看左腳跟的位置也破了個洞，而且都已經補過兩、三次了。

（差不多該丟了吧。）

我將褲襪丟進垃圾桶，正要拿出新褲襪，母親就回來了。我有點驚訝，但我已經說過要出門，所以並不緊張。

「怎麼，妳還在家啊？現在才要出門？」

母親說行程有變而提早回家，然後看看我的裙子。

「裙襬都脫線了，後面的褶線也鬆掉了。」

母親指著裙子說，我回頭但看不清楚，就用手去摸。

「真的。」

「我縫一下馬上就好，妳不必脫了。」母親說。

我跟母親走去她的房間，來到縫紉盒前面。

「這件裙子是小嶋先生送的吧。我聽說小嶋先生住院了，不知道出院沒有？」

「前年就出院了。」

我將線頭穿過針眼，交給母親並回答。

「咦？妳怎麼知道？」

「這裙子不就是他出院的時候送的嗎？」

母親曾經去探望小嶋先生，他就送母親一條燙過的毛巾，以及這件裙子。小嶋先生住院的時候，他已出嫁的女兒回來照顧，碰巧醫院附近的店家大拍賣，他女兒沒試穿就買了這件裙子。

「試穿之後發現尺寸不對，如果您不嫌棄就收下吧。」小嶋先生說。

「是這樣嗎？」

裙襬傳來收線打結的觸感，然後聽到喀嚓一聲的剪線聲……還有東西在我裙子裡竄動。

（？）

怎麼回事？都已經打結剪線了，應該是縫好了吧。

（母親是在幫我確認嗎？）

我站著不動，以為母親在檢查有沒有其他地方要縫補，但感覺不是那麼回事。

我本來是要穿褲襪，所以現在正光著一雙腿，裙子底下只有一件內褲。這時我突然感覺一陣微風掠過，如果母親是把裙子翻起來檢查，氣流應該會更大，但現在感覺只是「呼」地輕輕吹了一下，像什麼東西在動。

（？）

我轉身想往後看，但心想如果母親還拿著針線，最好別亂動，所以只有脖子往旁邊轉。我在三面一組的穿衣鏡裡看到母親，她用手指微微掀起我的裙襬，正往裡面瞧。

好尷尬。

我不敢問「妳在幹什麼？」母親的舉止實在太詭異，詭異到不行，感覺就像在偷窺我，還不想被我發現。

（怎麼辦？）

這真是我從未體驗過的困擾，我該怎麼判斷這個狀況？該怎麼度過這個場面？完全沒有任何線索可以參考。

（我得想個辦法。）

心裡只有個明確的念頭——這樣下去不行。

「褲襪……」我發出微弱的聲音。

褲襪在哪？有點冷，剪線，剪刀，沒時間，我斷斷續續地說著，企圖離開母親身邊。

結果母親在我背後笑了。「嘿、嘿」聽起來像是要隱瞞、掩蓋什麼，聽起來卻很嚇人。

然後她說：「嘿、嘿、一瞧可不得了。」

之前多次投稿，即使是不足掛齒的小事，我都向各位全盤托出，只是用字遣詞改為標準語，但就只有這個部分我不能改。

「一瞧可不得了」的意思並不是「瞧了很好」，而是「瞧了可不好」。比方說兩名主婦在超市巧遇，聊個天南地北之後看看手表，笑著說：「哎呀，這樣聊下去可不得了」，意思就是「哎呀，這樣聊下去可就不好了」；也像是兩個老伯一起去酒館，喝過頭的時候愧疚地說：「哎呀，一個不注意就喝了這麼多瓶啤酒，不得了」。

嘿、嘿。身後那陣淫笑讓我毛骨悚然。

這下我確定了。原本我只是透過鏡子來看，一秒鐘之前我還以為自己多心，或許只是看錯，但母親說「一瞧可不得了」……代表她確實在偷看。

這個事實讓我渾身起雞皮疙瘩。

「光著一雙腿都冷了……」我的聲音比平時宏亮不少。

「得快點穿褲襪！」我擺出誇張的動作，從廉價的三合板衣櫃抽屜裡掏出新褲襪拆封穿上。

「我出門了！」我迅速出門，像是要逃離母親一樣。

＊　＊　＊

或許是受出門前那件事的影響，我對電影沒什麼印象。

平時我只能看幻想電影，偶爾到真的電影院看真的電影，無論怎麼樣無聊的爛片都看得很開心，無論怎樣無意義的情節都過目不忘；但這次我費盡千辛萬苦才來到近映，還跟班上最要好的三個同學一起來看電影，卻幾乎一幕都記不住。

我唯一記得的一幕，就是女主角在公寓房門口穿長靴，嫌鞋帶綁起來很麻煩。可能是潛意識之中，與出門前的麻煩事發生共鳴了。

至於大家熱烈討論的全裸鏡頭，我完全沒印象，真的有嗎？以我當時的年紀來看，由於我們現實的日常生活與性愛無緣，因此別說畫面上有裸體了，只要情節看來可能要脫衣服，我們一定會有興趣，一定會記得，但我卻什麼都不記得。

久本老師陪我們到近映門口，但是沒有一起看電影。他在售票亭前，從口袋裡掏出四片樂天的綠口香糖，給我們一人一片，自己也吃了一片，邊嚼邊提醒我們：「你們看完電影別太晚回家啊。現在第二學期都過一半了，該認真準備大考了吧。」說完就回去了。口香糖包裝頂端有一條細細的封條，封條輕飄飄地掉在售票亭下面的地板上，我撿起來丟進電影院內的垃圾桶。電影劇情我記不起來，這種無聊小事卻記得很清楚。

看來其他三人也不覺得電影有多好看，離開近映之後我們沒有多聊什麼，只是慢吞吞地走到拱門商店街，又慢吞吞地向前走。我們分成佐多同學和新垣同學，奈子和我兩組。奈子跟我兩個女生看到店家陳列什麼商品都會停下來欣賞，跟男生組的距離愈拉愈遠。

就在此時。

戴上眼鏡邊走邊逛的我，看見母親騎著腳踏車往這邊過來。

我當下心都涼了。因為我人在外頭，久本老師並不在身邊。

母親騎著腳踏車，很快就來到我和奈子面前。

「啊，小光的媽媽，伯母好。」

奈子打了個宏亮的招呼，母親聽到就往這邊看，停下腳踏車，和我們面對面。

沒想到母親竟然一臉猶疑，我以為她發現久本老師不在會生氣，幾秒鐘後，我又以為她是想不起奈子的名字，但我搞錯了。

「林同學，妳好啊。」母親笑著向奈子打招呼，然後朝著我問：「這位是？呃……」

她笑了，不是出門前那股陰冷的笑聲，而是發現自己想不起認識的人的名字，開朗而靦腆的笑聲。

「咦？」

這次換奈子愣住，但奈子隨即哈哈大笑，母親也跟著笑了。

「林同學再見啦，幫我向妳母親問好啊。」

母親說完又騎著腳踏車離開了。

奈子目送母親離去，顯得有點摸不著頭緒，但馬上拋在腦後。奈子只要碰到腦袋無法理解的東西，就會拋在腦後，就像剛才久本老師把口香糖包裝頂端丟掉那樣乾脆。

搞不懂的東西就快點拋在腦後。

這樣的人才有「開朗的個性」，才會是「開朗的人」。

我非常能夠理解，也非常安心。

「佐多同學——」奈子對著拱門商店街前方喊，男生組回過頭來，我跟奈子跑步趕上。

我頭也不回地跑，學奈子那樣頭也不回，將母親莫名的問題拋在腦後。

＊　＊　＊

大概過了兩個月之後。

一到冬天，鄉下國中也開始瀰漫著準備大考的氣氛。

不過……城市裡或許有很多考前衝刺班，但我還在當考生的時候，Q市並沒有這種補習班，就連縣政府附近都沒有。

學校利用每天的放學時間和周休二日，舉辦數學與英文的輔導課，學生可以自願參加，當時三年級的學生大概有四成的人參加。

以現在的觀點來看，當時公立國中舉辦課後輔導，沒有額外支付鐘點費，老師們完全是做義工，卻還是熱心教課，真是令人感激。輔導課的教室跟平時上課教室不同，由不同班級的同學組成小班，可以輕鬆發問，感覺很新鮮。

就在某個冬天的早晨，後來我看時鐘才知道，當時是六點半左右。

我念的是公立國中，就算大考在即還是要上家政跟美術，所以我前一天晚上還在打家政課的毛線作業。作業是用細毛線打杯墊，我急著想快點打完，反而打得一團亂，一直打到凌晨三點才結束。我整個人趴倒在被鋪上，當時睡得跟昏死了一樣。

可是……有一股奇怪的感覺，讓我微微張開眼皮。

我幾乎是熟睡狀態，分不清上下左右，只知道眼皮縫之間有一團黑影靠過來。

（什麼東西啊？）

我睜開眼。

那團黑影是人的頭髮。

（腦袋？）

（誰啊？）

視線的焦點還對不準。

（什麼東西……？）

窸窸窣窣的觸感，焦點總算對準了。

我大吃一驚。

原來是母親正把手伸進棉被裡，撫摸我的乳房。

我動彈不得。

完全動不了。

我太困擾，太莫名其妙，太傷腦筋。即使是我在撰寫這份投稿的當下，也只能說這個狀況讓我不舒服。但當時我太過困惑，甚至無暇感覺不舒服。

我穿的睡衣款式類似圓領運動服，母親先隔著睡衣撫摸我的乳房，接著將手伸進睡衣下襬，一把抓住乳房慢慢搓揉。

「哇！」

我假裝，假裝做了噩夢。

然後我猛然坐起身，說了一聲：「吸血鬼！」然後接著說：「哦，原來是做夢。」我覺得自己演得很假，但也只能如此。

母親嘀咕一聲，意思是「妳總算起來了」。

「我今天打算早點叫妳起床……」

「嗯，對啊，我該起床了。」

我沒問母親剛才做了什麼，直接拋在腦後，乾淨俐落，不去想這件事。

之後我升上高中，同樣的事情又發生了三次，那三次我都立刻拋在腦後。

* * *

這次投稿所描述的事情，我不僅沒有對任何人提過，甚至自己只要回想起來，就會立刻轉移焦點，避免回想。

我沒有生過孩子並不清楚，難道有女兒的母親都會經常做這種事？我在電影和書上看過處理母女關係疏離的議題，母親一面看著女兒長大，一面又以同性的身分嫉妒女兒，或者是母女激烈對立爭吵的故事。但是每個故事每種說法，感覺都跟我的狀況不同。

我跟當初去近映的那三個同學進了同一間高中。

下課時間，奈子氣呼呼地告訴我她跟姊姊吵架，姊姊拿硬皮參考書打她的頭。這時候新垣同學把之前借的筆記本拿來還給奈子，由於奈子抱怨姊姊時還配上肢體動作，新垣同學的手不小心碰到奈子的胸部。奈子胡鬧著說：「啊！我被新垣同學侵犯了。」這個「被侵犯」是當時部分高一同學之間不知不覺流行起來的詞彙。新垣同學聽奈子這麼說，也反過來胡鬧著說：「妳被妳姊侵犯了——」然後我也對他胡鬧地說：「我被我媽侵犯了——」。

在這間校風悠哉閒散的學校的下課時間，我竟表情緊繃，雙腿發抖。

母親究竟對我做了什麼？

日比野光世

掠過肌膚的風，回答

我是長谷川達哉。

原諒我先前私自追加一封電子郵件發問，並感謝您的回覆。

正如我之前所說，我想您應該投稿給「文容堂」，往後還是應該由兒玉清人先生參考他人意見，再統一由「文容堂」回答才好。但就只有這次，我要以電子郵件表達自己的意見。

追加發問得到回覆之後，我慢慢研究內容，腦海中浮現先前投稿中許多覺得奇怪的部分，於是先自己整理過一次。

父母兒女之間的關係有哪些陰暗面？我有自己的見解。因為我太太和我母親的關係先前一直都很尷尬（現在還是？），而且我個人也有段時間為了自己的父親頭痛。

聽說光小姐過去相當喜愛我父親（長谷川博一）隨手寫的散文，我認為光小姐的父親和我的父親走的是同一條路線，那就是「在家裡當個父親很煩惱的路線」。博一（我父親）比辰造先生（光小姐的父親）要小了一個世代，但我想他那個世代的人依舊有著強烈的迷思，認為「父親必須展現自己的權威」。

時代愈久遠，這個迷思就愈強烈，所以辰造先生的迷思應該比博一更加強烈。再加上辰造先生個人的經歷，也就更強化了這份迷思。

當孩子還很小的時候，父親有很多機會展現「我很偉大」，但是隨著孩子長大，個性成熟，這個機會就愈來愈少。於是父親（也就是社會上所有男性的縮影）就會開始表現出非常不合邏輯的幼稚行為，甚至愈來愈多。新聞媒體也經常有女性主義評論家批評或責罵男性政治家這種幼稚的行為。

（家父博一也表現過這種幼稚行為，而且很嚴重……目前我自己的兩個孩子都還是嬰兒，還不需要展現什麼父親的權威，但是回想起自己的父親，老實說我真的頗擔心自己哪天真的會像他一樣幼稚。）

到了這個階段，有些人會轉型成所謂的「廢柴老爸」、「過氣阿伯」，以搞笑的角色在家庭與社會上確保地位。

（我父親花了好長一段時間，才總算完成艱苦的轉型。）

但是在家父之前那個世代，可以說是「天下所有人心都受到唯一絕對價值觀統治的時代」，人活在這樣的時代，迷思想必強到沒那麼容易轉型。撇開時代觀念不談，肯定也有些男人無法接受這種轉型。

這樣的父親（男性）會怎麼辦呢？就是一味拋出莫名其妙的歪理，透過貶抑對方來彰顯自己的地位（證明自己比對方更高等）。

我的上司就是這樣，家父找到轉型方法之前，也有段時間是如此。

當這些父親（男性）的心靈被「我要貶他，貶爆他」的「貶抑衝動」所控制，就會充滿怪異的偏見和怪異的誤會。

更進一步來說，他們心中會燃起強烈的慾望，渴望偏見，渴望誤會。怎麼說呢……一種神經狀態。

孩子正處於建立自我的年齡，父親卻想盡方法要貶抑孩子，除了貶抑孩子證明自己很偉大之外不做他想的神經狀態。

這種人只要抓到一點機會，只要有了偏見，就會爆發瘋狂能量，比方說「擅自搭計程車回去？饒不得！」「亂講什麼多段式電影，饒不得！」「帶男同學進家門？饒不得！」矛頭甚至會指向與自家小孩類似的人物（如女同學）。

比方說吃角子老虎是非常單純的遊戲，只要拉到三個七就會掉出大量錢幣，明明如此簡單，但就是有人迷戀那錢幣砸下來的快感，我想就類似這種快感。

我的上司（以及某段時期的家父）就是這樣。

但是畢竟在公司裡，只要出事，眾人就會發現狀況不對勁，所以算是多對一，我也能當長官說話是耳邊風。

以家父博一來說，我有個姊姊，還有幫不了太多忙的母親（母親是傳統女性，出門會走在父親三步之後，真的幫不了太多忙）勉強算是站在小孩這邊，所以還是能多對一。

兄弟姊妹有很多種組合，以兄妹與姊弟來說，大多數的關係都還不錯（包括關係普通在內），可惜我和姊姊在小學期間的關係很差。不過我們有父親這個共同的敵人，就會並肩作戰（或者是後來我們兩個都長大了，懂事了，也就不吵架了）。我和姊姊並肩對抗（？）同一個敵人，關係就漸漸比以前好很多。

（拜父親轉型之前的慘事所賜，可以說是塞翁失馬什麼的吧。）

於是讀了光小姐的投稿，我想辰造先生的路線也是「在家裡當個父親很煩惱」。（我可不是說辰造先生跟我父親、上司是一樣的，只是路線相同。因為我不懂為什麼辰造先生只對那個跟蹤狂男同學特別好，還有很多事情讓我搞不懂，所以推論只是路線大略是相同的。）

社會上最引人注意的親子糾紛案例，大致分為「親子性別相異」和「親子性別相同」兩種。

性別相異包括「兒子vs母親」「女兒vs父親」。

性別相同包括「兒子vs父親」「女兒vs母親」。

以「兒子vs母親」來說，大眾過去最好奇的案例就是媽媽太寵兒子而養出有戀母情節的兒子；以「女兒vs父親」來說，絕大多數都是性侵害，不然就是金錢糾紛，比方說亂花錢（或者沒有謀生能力）的父親向女兒討錢，如果討不到錢就暴力相對，甚至強迫女兒下海賺皮肉錢。

這些糾紛真的很嚴重，但是「女兒vs父親」之間若沒有以上糾紛，絕大多數的父親都很疼女兒。我將嚴格老爸分類為疼女兒的老爸之一。

我的父親在轉型期間，可以說是家庭公敵，但是除此之外，父親和我姊姊可說是相親相愛（轉型成功之後，兩人又重修舊好）。

我父親既頑固又嚴格，但可以說是「嚴疼」（又嚴又疼），就我這個同住屋簷下的弟弟看來，我父親真是有夠疼我姊姊。姊姊讀的大學比我好很多，又進了大公司，成為該公司有史以來的第一位女性部長。她從小受到父親疼愛而充滿自信（當孩子能夠理解自己受到疼愛，就會有自信），我深信這份自信成為姊姊努力鑽研學業與工作的原動力（至今依然不變）。因為父親在家庭裡的地位，就是讓幼兒感覺到抽象的社會縮影，當幼兒感受到父親的疼愛，就能直覺相信自己是出得了社會的人，就像居禮夫人、海倫凱勒、荻野吟子這些女中豪傑，都有個疼愛女兒的父親。

但是辰造先生vs光小姐的案例就怪了，他只有您一個獨生女，卻從女兒五、六歲開始就不疼（社會上大多數父親，都在女兒長得亭亭玉立之後才不自覺疏遠女兒）。不僅不疼，孩子在運動會（小時候最大的活動之一）拿到第一名，父親不僅不開心，竟然還懷疑女兒作弊。敷子女士曾對光小姐說「妳生得晚所以遺傳得很差」，但我要斗膽冒犯一句，比起生小孩的年齡，父親的態度才會扼殺了女兒的優良基因。

（我是看過姊姊以及許多類似姊姊的女性，才這樣反駁敷子女士，可不是說光小姐身上只有劣質基因。）

我認為光小姐與令尊的關係，是父女關係中非常罕見的特例。先前一起逛岩崎知弘美術館的時候，您說您與戀愛無緣，當時我還以為您是謙虛，但是後來讀了您多次投稿，我才知道您所言不虛。我認為在這種父女關係之下長大的女性，就算認識了足以發展親密關係的異性，也會在發展關係的途中產生摩擦，阻礙關係的發展。

談戀愛並不是交朋友，戀愛不是只有包容與體貼，還包括自私與粗暴，兩人會激烈衝突，藉此磨合彼此的想像力。而父女關係是女孩這輩子第一段異性關係，男性若碰到在如此罕見的父女關係下長大的女性，他的想像力就失效了。

在聚餐的時候聽您說到曾有一位男性對您說：「念小學的時候生病在家睡覺，媽媽磨蘋果泥給我吃，一口下去真是心曠神怡。我想跟妳建立這樣的關係，但妳辦不到。」

最後與您分手。這位男性就是很好的例子，他或許可以想像「這個人小時候可能被父母施暴過」，但想像力絕對沒有豐富到會想見「這個人小學剛畢業的時候，可能被她爸罵過為什麼要自己搭計程車去車站」或者「這個人睡覺的時候，可能被她媽亂摸過胸部」。他不可能有這種想像力，既然發揮不出想像力，就無法與光小姐相對而立，這就是不匹配。

接著說到敷子女士。

我說辰造先生是「在家裡當個父親很煩惱的路線」，由於我也是男性，而且同為人父，先不提好壞，多多少少能理解他的心情，並以我的觀點去分析。

但是說到敷子女士……看了光小姐一連串的投稿，我反而覺得令堂比起令尊更令人頭皮發麻。

令堂完完全全不站在光小姐這邊，一路走來始終如一，無論什麼狀況都一樣。當她的丈夫怒吼：「小孩自己跑回去了！」她就點頭附和：「就是說啊，真令人傷腦筋。」或許當下有閃過一個懷疑的念頭，但隨即散去並點頭附和。每當我閱讀您的投稿，就彷彿見到一個思考完全被剝奪的人，比方說被藥物或手術破壞了腦袋的人。

無論丈夫說什麼都自動肯定，或者說思考能力自動消滅。可以說她習慣了放棄判斷，這種日子本質上不就是奴隸的生活嗎？

在日本經濟起飛的時期，過這種生活是怎麼一回事呢？當事人當時從事經濟基礎穩固的職業，想要獨立也是易如反掌吧……說到這裡，由於現今城鄉差距已經縮小，或許過去的鄉下與現在不同，可若是因光小姐信中所言「鄉下小鎮的可怕」，真是令我毛骨悚然。

就在我害怕的時候，這次投稿又提到她做出跟色狼沒兩樣的行徑，不誇張，我真的雞皮疙瘩掉滿地。

我岳母非常愛插手女兒的事，而我也讀過不少描述母女互鬥的書籍，因此我自認很了解「母親vs女兒」的糾葛有多煩人。

但沒想到，不對，應該說理所當然地，令堂的故事令我很不舒服。

「父親vs兒子」以血緣來看是親子關係，但是以生物學來看則是同性競爭。無論在公司、學校或家庭，雄性之間的競爭說穿了就是團體之內的權力鬥爭，最終目標就是打倒對方取得勝利。

「母親vs女兒」在生物學上也是雌性之間的競爭，但我想母女雙方處於狹窄的家庭環境中，爭的不是順位，而是單挑對決（我才疏學淺，只能想到這個字，還請光小姐多多擔待）。

根據我太太和岳母的案例、妻子或我身邊的人的母女案例或是更間接地從他人口中聽說的案例，我想「母親vs女兒」的競爭可以分為兩個類型，依賴型與對抗型。（為了稱呼方便，現在這封郵件才如此命名。）

所謂依賴型，就是母親依賴女兒、過度干涉的情況。母親認為身為女性，自己的人生很失敗（潛意識），因此嚴重插手女兒的人生，希望女兒替自己重新來過，過自己心目中的理想人生。

女孩子小時候對母親說的話深信不疑，說什麼就聽什麼，但是每個人都會慢慢長大，形成自我，當然會發現「這是錯的」。發現錯誤之後試圖甩脫、斷絕母親的掌控，就會出手反擊（有意識地反擊）。然而母親並不明白，反而化為一顆重石壓在女兒肩上，女兒愈是反擊，這石頭就愈沉重。母親一心只想要女兒變得跟自己一樣，女兒愈是拚命掙扎，母親愈是沉重。

另外一種對抗型的情況比依賴型更常見。母親覺得自己年華老去，嫉妒包含女兒在內的年輕貌美女性，產生與之對抗的心理。這個說法或許很骯髒，但人類也是動物，我想某方面來說也是自然的心態。

（母親借女兒的衣服來穿，如果穿得下就自認沒有發福而歡天喜地，如果穿了好看就自認風韻猶存而開心不已。這種母親其實很多，母女之間屬於競爭關係，但並不到有問題的程度，我說的自然心態就是這個意思。）

對抗型的母親不僅會對女兒產生嫉妒、對抗之心，久了還可能拋棄母親的形象（讓孩子感覺不到性吸引力的形象），過度強調自己的女性身分，令女兒感覺困擾、厭惡，而母親自己也因為過度勉強而精疲力盡。

當丈夫外遇有情婦，對抗型的母親就很容易變成這樣。

丈夫外遇、養情婦，或者單純與自己貌合神離，妻子當然不會高興。以一個成熟女性來說，身體和心理當然都會感到不愉快。

但是這看在女兒眼裡，父母親就不再是一對夫妻（成對的男女），而是一個外遇爸爸（或者只是跟媽媽處不好）配一個飢渴媽媽。

最近民調剛宣布藝人人氣排行榜，我就順便借個藝人來演短劇吧。我這麼做，是方便光小姐排除自己母親的印象，把母親當成某個女性來看待。短劇女主角是山口智子，女主角山口智子跟戲中的丈夫西島秀俊處得不太好，最近總是心煩意亂。只要心煩就在家喝酒，或者打扮風騷上街閒逛，甚至帶先前公司的學弟岡田准一上酒館喝酒，想刺激西島秀俊做出反應。假設有這樣一齣短劇，觀眾應該不會罵山口智子「有病！蕩婦！」吧？這一點都不算異常，是很正常，很普通的行為。

但是看在女兒的眼裡，媽媽採取這樣的行為就一點都不正常，而是非常怪異。因為女兒眼中看到的不是山口智子，而是媽媽，女兒由衷希望「媽媽＝與性愛無緣的人，應該要遠離性愛」。

在這樣的案例之中，當女兒在國高中的年紀，對性特別敏感，可能因此討厭媽媽。但是長到十九、二十歲，火氣就會平息，彼此就會重修舊好，或者說能夠冷靜看待，母親的人生終究是她自己的。

這麼說來，依賴型比對抗型更難找到具體的解決方案。

在找到解決方案之前，媽媽已經緊緊地壓迫、黏著在女兒身上，要拔下來可不容易。日本社會有著「不可以對媽媽冷淡」的道德觀，尤其社會大眾更期望女兒能夠「做出更和善（或者看來和善）的舉動」。

女兒既要排除周遭的壓力，又要拔開緊緊貼在身上的媽媽，真的很辛苦，是一場漫長又辛苦的戰鬥。

不幸中的大幸是，只要對第三者說明這種依賴型母親的問題（描述媽媽與自己的狀態），第三者聽了很容易判斷是母親過度干涉，還是女兒任性耍賴。

第三者做出判斷之後可以提供建議，而我認為獲得建議的女兒多半能振奮精神，並參考建議將目前的狀況轉向好的方向。最重要的是，許多人抱持共同的煩惱，就能與人獲得同感，有人與自己同感就是一股力量。

這是我對「母親vs女兒」的個人看法，但是看了光小姐這次的投稿（令堂摸了您的身體好多次），我真的一頭霧水。

「難道令堂在懷疑自己女兒有性經驗？」我原本這麼想，所以才追加一封電子郵件發問。就算懷疑女兒有性經驗，撫摸身體也不可能摸出什麼答案，但或許疑神疑鬼的人的確會不經意做出這種行為。

沒想到拜讀您的回信，更讓我啞口無言。您提及高中時代的「類似經驗」，竟然是母親要您搓揉她的乳房，而且自光小姐小學時開始，她就不時提起「昭和×年×月去澡堂染上花柳病，細菌感染我的大腦，而且那裡還流出綠色的汁液。」我嚇得差點從椅子上跌下來。

根據先前的投稿，不得不體認到光小姐的父母親相處不和睦，可以理解您的母親當然無法滿足性慾。

如果只是這樣，如我先前所說，母女會形成對抗型關係，對光小姐來說是頗為困擾（尤其在青春期），但是看在第三者眼裡，這樣的飢渴是理所當然。

然而就算我假設只有這個原因，敷子女士紓解性慾的方式可真是恐怖至極，恐怖到我簡直看不下去。這次投稿的最後一段，光小姐對一無所知的新垣同學開玩笑說「我被我媽侵犯了——」，但當下表情僵硬，雙腿發抖，看得我膽顫心驚。

最遺憾的是光小姐沒有兄弟姊妹，碰到令尊可能源自於「貶抑衝動」的憤怒行徑，以及令堂的詭譎行徑，都只能獨自承受。
光小姐說這些都是小事，或許真的是小事，但是對未滿十八歲的孩子來說，我覺得太嚴重了。

長谷川達哉

＊　＊　＊

長谷川先生，感謝您的回信。
長谷川先生喜歡吃拉麵嗎？
我的胃不好，幾乎沒吃過拉麵，所以不是很清楚，拉麵店是不是有所謂的「家系」？
我原本要回信給長谷川先生的時候，信件主旨寫著家系問題[1]，但是仔細想想，寫成「家系問題」感覺好像是吃了拉麵把肚子吃壞，著實好笑。
先前長谷川先生曾經建議我不要再故作鎮靜，要當個幼稚的小孩。但我好歹……這個

「好歹」並不是在炫耀，只是說我真的整個人都泡在黏膩黑暗的情緒裡。我只要翻到一本書，無論如何都會整本看完，但是當我讀到森茉莉的書，才沒幾頁便看得我心灰意冷。她想必是受父親萬般寵愛的女兒，從字裡行間表現出耀眼的光芒，逼得我喘不過氣。我第一次讀她的書，還不知道她是森鷗外的女兒，所以應該不是偏見。再說到白洲正子和田中真紀子，我光看到她們的照片或電視影像，就感覺她們天生享用著眾人的愛長大，由內到外散發一股無比自信，狠狠打在我的臉上，所以請長谷川先生千萬不要介紹令姊給我認識。究竟是什麼讓我的心這麼黏膩黑暗？

Youtube上有些號稱「賺人熱淚」，以及描述家庭關係的廣告影片，我全都恨之入骨，每部這樣的廣告都看得我滿肚子火。

每次看到那些心地善良的人，由相親相愛的父母撫養長大，或者看到描述一家和樂的電視廣告、連續劇、漫畫、電影，我都會由衷感到羨慕。但是Youtube上熱門的家庭廣告，

1 日本的拉麵店多以「某某家」為屋號，發展成派系後稱為家系。光世在信件主旨寫的家系問題原指家族、血源問題，此處有雙關之意。

一定會有個沉默寡言又冷淡的爸爸，或者笨拙無能的爸爸，先展現家庭之間的尷尬，再全力安排一個「感人的奇蹟翻盤」。拜託拍些家人想斷絕關係的廣告好嗎？大家都被廣告商給騙了。

先前我也這麼說過，長谷川先生聽得都笑了，但您笑得出來，是因為您沒見過我看到這種廣告，或者說看到類似這種廣告的人會是什麼表情。我只要看到這種廣告或這種人，就會心慌意亂，淪落為忘恩負義的惡鬼，衣食無虞地長大卻要忘了父母親的恩德，心底爆發出一坨黏膩、黑暗、醜惡、熊熊燃燒的焦油，黏滿全身甩都甩不去。

我想天底下到處都是「家系問題」，每個問題都微不足道，但是這些微不足道的事情，會在當事人心靈深處慢慢囤積成為一團污穢物，當這些穢物爆發出來，就會被自己心中的火燙穢物給燒灼，痛得滿地打滾。

先前文容堂曾經給過我這樣的建議：「當情緒爆發，當事人很難自己滅火，但是可以告訴其他完全不知情的人，天下有這樣的事情，對方聽了若是提供自己的意見，就可能讓當事人瞬間滅火。」

所言不假。

過去我一直沒有說出自己的家系問題，因此曾經變成一個忘恩負義的惡鬼。

先前的投稿，只是我人生遭遇的一小部分。

雖然只有一小部分，但只是說出來，就讓我感覺到此生從未體驗過的舒坦。把話說出來之後，只是聽人說一句「這樣啊，原來真的會有這種事。」真難形容這讓我多麼舒坦。

由於心靈已感到沉靜舒坦，今晚就先到此擱筆就寢。

晚安。

以上，日比野光世

死人的臭味

文容堂，您好：

先前的投稿都按照年紀順序來描述，但這次投稿將以交錯的時序來提及多件事情。都是關於疾病和容貌的疑團。

＊　＊　＊

關於疾病的疑團，指的是我父母非常執著於疾病。

首先是父親的鼻竇炎。

記得我剛進幼稚園還是剛上小學的時候，父親對我說：「妳以後一定會得鼻竇炎。」

我在書上看過鼻竇炎的描述：「只要低頭，鼻子裡就會蓄膿，最後嚴重到必須切除鼻子。」每當父親看到我在廣告傳單背面畫圖時，他就會說：「畫圖的姿勢最容易蓄膿，黏稠的膿不只會積在鼻子裡，還會擴散到耳朵裡，讓妳聽不見。」

傷腦筋的就是美術課畫圖，為了不低頭讓鼻子蓄膿，我立起畫板用左手扶著，右手畫圖，卻總是畫不好。稻邊老師見狀便生氣地罵我說：「真是不守規矩。」我有種被逼上絕境的感覺，只好下定決心。

（沒辦法，就算蓄膿也要畫。）

聽來還以為是什麼大藝術家的抉擇，現在想起來真可笑。總之我在小學低年級，就像三明治一樣被夾在父母與老師兩股「偉大又可怕」的勢力之間。

＊　＊　＊

好巧不巧，母親執著的也是鼻子的疾病。

母親執著的是鼻菇病[1]。

先前長谷川達哉先生與于社長給我的回應中說到，「母親害怕父親，無論父親說什麼都自動肯定，習慣放棄思考」，這樣的狀況確實很多，但母親對鼻病的執著與我家的權力架構無關，是母親獨立自主（？）地害怕的鼻病。

母親的口頭禪之一是「愛讀書的人本性都很壞」，但她經常看《家庭醫學小百科》這本書，只要讀到其中「鼻子的疾病」這一章，她就會驚恐地說：「我以後一定會得鼻菇病。」

成年後我在查資料時發現鼻菇病這種疾病，指的是鼻竇炎惡化，造成鼻腔內長出腫大息肉。母親常讀的書籍（？）之中應該也這麼寫，但母親所說的鼻菇病並不是指這種正式的疾病，而是一種會從鼻子裡長出毒菇的怪病。

她怕的就是這種幻想、捏造的疾病。

無論婚前婚後，母親不曾罹患過嚴重到要去醫院就診的鼻病，她根本沒有去過醫院。

「我想我的鼻子裡早就長了毒菇，我生妳生得晚，一定也把我的毒素遺傳給妳。」母親經常捏著我的鼻子這麼說。

如果單純擷取這一段，看起來好像荒謬喜劇，但事實是母親表情很嚴肅。

「妳的鼻子裡都是膿……」她就像對壞事好奇不已的人，雙手摀著嘴，緊皺眉頭緊盯著我的鼻子瞧。

我怕得不知如何是好。

（怎麼辦？我一定會得鼻竇炎，鼻子化膿，還長出毒菇……）

父母嚴肅地說著鼻竇炎跟鼻菇病，孩子怕得心驚肉跳，任誰聽了應該都會以為是在排練搞笑短劇或相聲。

父母是在提醒孩子要注意姿勢嗎？是避免孩子養成挖鼻孔的習慣嗎？我現在真的不敢用手指挖鼻孔，要是看到別人挖鼻孔，也會產生這個人鼻子裡長出毒菇的幻覺，嚇到發抖。俗話說「兒女不知父母心」，難道這是大人教育小孩的策略嗎？那這效果真是太好了。究竟是怎麼回事呢？

＊　＊　＊

我升上小學高年級後，母親開始執著於小兒乳癌。

---

1 日文漢字為鼻茸，意為鼻息肉。

小學高年級的女孩子乳房正開始發育，這時會覺得胸部有點脹，還有點痛。如果健康教育課會告訴大家這是正常現象也就沒事了，但是當時不曾教導這些，所以我有點害怕，告訴母親我的胸部又脹又痛（事先排練過），結果母親摸摸我的乳房，說：「妳這是乳癌，是小兒乳癌啊。」

她又摀著嘴，皺著眉，就像之前看我鼻子那樣。

小兒乳癌，好嚇人的病名。

「呃，怎麼會……」我啞口無言。

母親同情地看著我。

「以後可能得動手術，妳要留意啊。」

要我留心，怎麼留心？該怎麼辦？我想問但問不出口。平時我就不敢隨便將心裡話說給父母聽，現在又被恐怖的病名嚇到連一句話都說不出來。

當天晚上我嚇得輾轉難眠，在黑夜裡張開眼睛反而更害怕，更心驚膽跳。

（怎麼辦？我可能要死了。）

我當時才小五，是真的每天都擔心自己會死，過得鬱鬱寡歡。

當時的小學生是不是找人商量就沒事了？現在的小孩是不是可以用電話或郵件輕易找到人傾訴心事？以前那個時候有地方可以商量嗎？……我試著回想，但小學五年級的時候，我沒有任何一個人可以商量，可以依靠。

我的同學全部都是小孩，小孩不可能解決小兒乳癌這麼可怕的疾病。小學館的《小學五年級生》雜誌不會提到小兒乳癌，《家庭醫學小百科》也沒有小兒乳癌這一項。醫院？怎麼去？小孩去醫院一定要有家人陪同，但就是家人說的話讓我這麼煩惱，該怎麼拜託家人陪我去醫院？

發起《城北新報》的文容堂朋友提過你們認識保健室的老師，這位老師說得沒錯，「找大人商量」這行為對小孩來說門檻真的很高。我念的小學的保健室老師跟文容堂所認識的老師完全不同，我甚至沒聽過這位老師講話。當時的班導廣尾老師就算身為班導，也幾乎沒跟班上同學講過話。當我想找人商量，完全不會考慮保健室老師或班導師。對小學五年級的我來說，那憂鬱的一個月感覺就像一整年那麼漫長。

直到松山阿姨來訪的那個星期天，我才一掃心中鬱悶。松山阿姨跟母親在同一個地方上班，她和母親處得很好。

那天早上她來得很早，通知母親某個人住院了。她坐在沙發上，壓低嗓門說那個住院的人得了胃癌。

松山阿姨坐的那張沙發位在會客室，先前的投稿也說過，玄關後面就是會客室。我家的格局設計很不方便，每次我要回房間，都得先越過那張沙發。

「早安。」

我鞠躬行禮，當時一直擔心乳房，可能表情比平常更像蛞蝓，所以松山阿姨對我說：

「哎呀，光世妹妹對不起喔。」

她的口氣有點愧疚，「阿姨現在跟妳媽媽講到有人生病住院了，所以忘記跟光世妹妹說早安啦。」

她以為是自己口氣太低沉，讓我覺得不舒服，所以才這麼體貼。

「怎麼樣？最近學校上課有什麼……」松山阿姨問到一半，母親就打斷她。

「這孩子得了小兒乳癌啦。」

「咦？小兒乳癌？」松山阿姨聽了不僅驚訝，更是疑惑。

「什麼小兒乳癌？」松山阿姨說完便盯著我瞧，我想我當時恐怕是臉色鐵青。

「這個……啊，可是那個……」

松山阿姨表情怪異，喝完茶就告辭了。

我不敢自己一人待在房間裡，想趁著天還亮出門逛逛，在門口發現松山阿姨還沒走，正在將行李綁上腳踏車的貨架。

「……」

我默不作聲，當時的我想必臉色蒼白，態度也不對勁。

「光世妹妹啊，根本沒什麼小兒乳癌，妳只要每天三餐不挑食，早睡早起就好啦。」

松山阿姨對我這麼說。

小學五年級生會認真思考自己可能快死了，但也正因為是小學五年級生，聽大人這麼一說，就會相信原來根本沒事。

松山阿姨消除了我的恐懼，但話說回來，母親為何要說我得了小兒乳癌？我不覺得她是要嚇唬我，也不覺得她是故意整我，就如同她會幻想鼻菇病而且深信不疑，所以也會捏造小兒乳癌這個病，但是沒有動機，也沒有目的。

想到這裡，先前在投稿中提及母親撫摸我的身體，或許是擔心我得了小兒乳癌？但我認為那不太像是擔心我得乳癌，而是想確認她所創造的小兒乳癌進度如何……

＊　＊　＊

升上國中之後，父親開始執著於頭皮腐爛症。

某天我在餐廳看報紙，父親經過餐廳說了一聲：「好臭。」

他說我的頭髮跟頭皮很臭。

我才剛洗澡洗頭出來，聽了又去浴室重新洗一次頭。

某天早上我正準備去上學，蹲著在綁帆布鞋的鞋帶，父親經過我身邊。

「呃，好臭。」他一邊說，還用雙手摀住自己的鼻子。

「妳是不是都沒洗頭？妳的頭真臭。」

「昨天晚上洗過了。」

「說謊，妳肯定嫌麻煩沒洗頭。妳的頭髮那麼臭，去學校一定會被老師嫌惡，也會被同學討厭。哎喲，糟糕，怎會這麼臭，得想個辦法才行。」

早上趕著要上學的時候被父親這麼說，我手足無措。當下轉身去洗頭肯定會遲到，但是就這樣去上學，要是被老師跟同學說臭該怎麼辦才好？於是我連忙解開綁到一半的鞋帶回到餐廳，從電視機旁邊的架子上拿出急救箱，找出撒隆巴斯還是什麼的貼布，貼滿脖子、肩膀和小腿肚。參加體育社團的學生經常貼貼布，看起來很自然，而且貼布的強烈氣味可以掩飾我的臭氣。

我一放學就回家洗頭，晚上又洗了一次，但是父親只要走到我旁邊就會這麼說：「好臭，妳的頭髮真臭，肯定是頭皮腐爛症，頭皮腐爛發臭的一種病。」

我查了母親常讀的《家庭醫學小百科》，但找不到「頭皮腐爛症」。

「我的頭髮臭嗎？」我問母親。

「我得了鼻茹病聞不出來，不過既然妳爸說臭，那就是臭。」

由於母親這麼說，所以我每天放學跟睡覺前都會洗頭。即使如此，父親只要走到我身邊就會說：「好臭，妳為什麼不洗頭？妳頭上有死人的臭味啊。」

死人？我當時不知道這個字是什麼意思，但父親只要在家裡見到我，就會皺起鼻頭說我臭，說我的頭有死人的臭味。「死人是什麼意思？」我在腦中排練了好多次，後來找到一天鼓起勇氣問了父親。

父親在廣告單背面用麥克筆寫了兩個大字：「死人」。

我嚇得毛骨悚然，倒退兩步。

（我的頭髮有死人的臭味？）

我之前很怕小兒乳癌，但是聽親生父親說自己的頭髮有死人的臭味，還沒能分辨真假就先感到一股恐懼，就像怕鬼、怕木乃伊那樣的恐懼。我原本不擔心自己的頭皮屑，現在也擔心了起來。

「哎喲，頭皮屑啊。」

教家政課的中山老師拍拍水手服的領口。那天學校舉辦健康檢查，女同學在家政教室檢查，男同學在體育館檢查，各年級輪流受檢。就在班會時間上完家政課之後，老師幫我拍拍領口。

「妳是不是每天洗頭？沒流汗何必呢？」

「兩次。」

「兩次，是每星期兩次？」

「每天……」

中山老師聽了雙眼圓瞪，看看牆上的時鐘。

「跟我來一下。」

她把我帶去家政教室，當天有幾位醫師來學校做檢查，中山老師說應該還有一、兩位醫師在。果然沒錯，一位戴著斯文金框眼鏡的年輕醫師還在家政教室，正在和年長的護理師交談。

「抱歉，可以打擾一下嗎？」

中山老師告訴醫師，這個學生每天洗兩次頭，她認為這樣對頭皮不好，想請教醫學上的見解。

「兩次？那可不行，這樣會傷害頭皮，害妳長頭皮屑喔。」

「可是……那個……那個……」我支支吾吾，勉強說是有人說我頭很臭，我只好不斷洗頭。

我一說完，醫師、護理師跟中山老師三人同時靠向我，聞聞我的頭髮、頸子跟腋下。

「完全不臭啊。」

「不臭啊。」

「對呀，不臭。」

三人斬釘截鐵，一口咬定。

「妳的頂漿腺比較少，說頂漿腺妳可能聽不懂，總之就是體臭的來源。日本人的頂漿腺本來就比較少，我看妳可能根本就沒有，完全沒味道啊。」醫師對我這麼說，三人抓著我的手又握又搓。

「妳的手也不會黏膩對吧？妳的皮膚很乾爽，而且幾乎沒有體臭。是誰說妳頭髮臭的？那只是騷擾，妳不可以當真喔。如果那個人變本加厲，妳就來告訴我，不然告訴班導師也可以。」中山老師對我這麼說。護理師也說：「妳這個年紀對身上的體味啦，青春痘之類的特別敏感。但是俗話說過猶不及，妳就放寬心，正面看待這一切吧。」

「好……」

離開家政教室之後，我既安心又驚訝。

父親的抱怨是在騷擾我……？在我看來，他不像是在騷擾，是真的厭惡我的頭髮啊。

我站在走廊上，好一陣子無法回神。

＊＊＊

接下來是關於容貌的疑團。

一言以蔽之，父親和母親都極力貶抑我的容貌。

我心裡認為這將是解開先前投稿中所有疑團的關鍵，所以向各位朋友坦誠以告。

我認為父母貶抑親生兒女的容貌是日本的傳統文化之一，各位認為呢？

現代的日本父母受到美式風格影響，較不會嫌棄自己孩子的長相與身材；從前的日本人則認為貶抑自家人是種美德，稱讚自家人則是丟臉的事，這個習慣歷史悠久，我認為這是把謙虛當成美德的文化因素。

父親不僅嫌我頭髮臭，還常罵我的膚色不好看。他常嫌我不夠黑，為什麼不去曬黑一點，簡直就是雞蛋裡挑骨頭。所以我會拿標示「深棕色」的顏料泡在洗臉台裡，用顏料水洗臉抹手臂。

現代的健康常識告訴我們紫外線對皮膚不好，但是父親那個年代的健康常識比較老舊，所以才會要我曬黑一點來預防結核病……這是我的解釋（我告訴自己要這樣想）。

最重要的一點正如我先前所說，父親和母親都希望我「外表像個男孩，言行舉止也不能太娘娘腔」，或許父親也是因為這點，才認為曬黑是一件好事。

我在撰寫這份投稿的時候才想到，先前某份投稿提及父親對武藤同學印象很差，但對伊勢谷同學很友善，或許是膚色的差別吧？

他們都不是皮膚黑的人，也並未特別曬黑，不過武藤同學打扮得體，或許看起來比較蒼白吧。父親接到中村惠理同學的電話就生氣，或許也不是她太晚打來，而是話筒傳出女性的嗓音，讓他直覺認為「女聲＝蒼白」才會動怒。

這麼看來，父親說我的頭髮臭也是這樣？家政教室裡的三個人都說我幾乎沒有體味，也就是說，洗髮精跟香皂的味道會更加明顯，而父親希望我「像個男孩」（不僅是我，他也希望我的朋友，以及他周遭所有人都充滿男子氣概），或許就是因為這樣，才不喜歡我頭髮的味道。

母親主要貶抑我的鼻子和眼睛。

「妳的鼻子又扁又醜……和我還有××、○○、△△（母親的兄弟姊妹）都不一樣，妳是遺傳到妳爸爸。」

「妳的眼睛真小，而且還有點腫，根本不知道妳眼睛睜開沒有。」

鼻子扁，眼睛又小又腫，她把我嫌到體無完膚。她討厭父親，也就跟著討厭長得像父親的我。

「看妳肩膀又寬又厚的，去當礦工就好啦。」

她也這麼說過，不過我對自己的寬肩膀很滿意。

五歲的時候我們家去澡堂洗澡，母親跟我一起泡浴池。

「來，我幫妳鋸一鋸這個寬肩膀，大概鋸到這麼窄就好了。」

母親擺出手刀作勢要切我的肩膀，當時她真的是喜形於色，開心得不得了。

當我還在讀低年級的時候，母親高興的事情也會讓我高興，如同她說我像蛞蝓一樣。

母親總是陷入沮喪，我認為我能夠藉此幫上她的忙。

父親討厭原節子，這讓我更加開心。

這樣說一位傳奇美女真沒禮貌，但是父親每次在電視上看到有原節子出現的老電影，他就會說：「這個女演員的肩膀真難看，又寬又厚，這種女人怎麼紅起來的？」

父親和母親難得意見一致，認為寬肩膀、骨架大是醜陋的。

而我認為自己虎背熊腰的體格可以同時取悅父母。這心態或許很像故意跌倒、把假髮戴歪，靠出糗讓客人捧腹大笑的搞笑藝人。

直到我長大，才知道當時自己的開心只是孩子的單純不懂事，感覺真可悲。

「別人看見妳的鼻子一定會想，這個人真討厭，看她的鼻子就知道裡面一定滿滿的鼻涕。」由於母親的諄諄教誨（？），我升上小學高年級之後只要戴上口罩就會感到滿滿的安全感。

我喜歡電影雜誌的另外一個理由，就是我可以看著俊男美女祈禱。我曾經把電影雜誌在有俊美演員的頁面攤開，再放十字架，雙手握到出汗，誠心祈禱：「神啊，希望我投胎轉世之後能變得漂亮，不必再當個眼睛跟鼻子很難看的人。」當然，光靠祈禱不會變得漂亮，就算老天真的實現我的願望，我還得先投胎轉世，代表這輩子願望是不會成真了。

戴上口罩會產生安全感的那段時間，我也研究了整形。

高中二年級的某一天，母親要去某家大的銀行辦事，我們搭ＪＲ線前往大城市。路上，一位年輕女子上前搭話。

「哎呀，好久不見。」

原來是去年在父母親作媒之下結婚的昌代阿姨（父母親相處實在不算和睦，但諷刺的是常有人找他們倆作媒）。

我們在路上聊了一陣子，之後昌代阿姨鞠躬，背對我們緩緩走遠。

母親目送昌代阿姨離去，突然一百八十度轉身。

「喂、嘿、嘿。」

一轉身，母親就笑了。

「哎呀，真是不得了，喂、嘿、嘿。」

我不知道母親在笑什麼，只能站著發愣。

「昌代阿姨身材很纖瘦對吧？和她講完話之後，一回頭就看到妳這個虎背熊腰的大塊頭，真是嚇我一跳。喂、嘿、嘿。」

母親哈哈大笑，露出血盆大口。

就在人來人往的大城市人行道上，母親大肆嘲笑我的外表，我這個高中女生在感到難過或痛苦之前，更多的是徬徨無措。

開始有自己的收入之後，我盡量節省開支，慢慢存錢（我從小就養成習慣，拿到錢不肯花，存著以備不時之需），要當作整形的費用。

可惜我辦不到。

第一，我最痛恨自己外表的部分是骨架，例如頭骨、頸椎跟肩胛骨，但是沒有手術可以把這些骨頭變小。接著我預測手術失敗的結果，我從小培養出強大的負面思考能力，看了那些矽膠穿破皮膚從鼻頭冒出來的照片，以及切錯神經害眼皮根本閉不上的照片，堅信「即使別人會成功，我的手術也一定會失敗」、「我永遠只會抽到下下籤」。

最重要的是，我不能靠整形來隆鼻，因為不是天然的，扣分。因為「沒有滿分就是不行」。

考了九十五分，沒有滿分就是不行，母親這樣嘲笑我。考了一百分，沒有連考三次一百分就是不行，她這麼嘲笑我。連考三次一百分，沒有每科都滿分就是不行。體育、音樂、美勞、家政，沒有每科都滿分就是不行。我根本不可能每科都考滿分，母親就會說：「妳就是不行，我生妳生得晚，妳遺傳到劣質基因，就是不行。」

母親並沒有惡意（我認為）。比方說江戶時代末期，民眾相信洋鬼子帶來的照相機會吸走靈魂，所以非常害怕照相，或許母親也相信，如果誇獎自己的孩子，靈魂會被惡魔吸走（這是反諷）。又或者母親這句話，其實是鼓勵我的意思（我想這麼相信）。

無論如何，就算是愛因斯坦或居禮夫人這樣的天才，要是完全得不到認同也會喪失希望吧？更別說是普通人了。

母親鼓勵我的方法（耗費她一輩子的時間，無論碰到什麼局面，都絕對不會稱讚親生孩子任何一句話的鼓勵法），讓我深深記住「整形就是不行，鼻子裡裝矽膠就是不行，有手術刀痕就是不行」的觀念。就算手術成功了，我也會絕望地想：「不會講五國語言就是不行，運動沒有十項全能就是不行，指甲沒留長就是不行，數學檢定不到一級就是不行，物理學論文沒上期刊就是不行，鋼琴競賽沒有得獎就是不行……」所以我才會前往醫美診所。聽起來很矛盾，但我就是希望擺脫母親的咒語。沒想到我一走入診間，滿腦子只想著我的手術會失敗，最後還是離開診所。儘管我沒動手術，每天晚上還是都會做噩夢，夢到矽膠從鼻子裡噴出來，肱骨削太細讓雙手斷掉，頭蓋骨削太薄，腦漿從耳朵裡慢慢流出來，噩夢持續了好多年，我始終無法整形。

很多人出於某些原因覺得自己很醜，厭惡自己的外表。這些人願意選擇醫美整形的手段，我覺得很了不起。能下定決心整形的人，或許也曾經煩惱，曾經傷心，但他們還是堅強又正面，所以我對整形過的人感到敬畏。

母親捏造疾病、貶抑我的容貌，又以不誇我來鼓勵我，但我重申一次，基本上她沒有惡意。

但這畢竟是我的臆測，應該說我認為基本上她沒有惡意。

如果一名年輕人聽了上述感想，可能會認為我是想裝好人才幫母親說話。畢竟即使我們是親生母女，母親對我說的話依然算是十分惡劣。

人年輕的時候只會注意受到惡言攻擊的人（這裡說的是我），所以受到攻擊的當事人說攻擊者（我母親）「沒有惡意」，看起來當然是當事人想裝好人，刻意替母親說話。

但如果一個人見過許多世面，看事情的視野就會更廣，就像換成寬螢幕一樣（笑）。視野廣了就會看到攻擊者，注意到攻擊者。

一旦注意到攻擊者，就不會只看到「母親」這個身分，而是「敷子」這個人，會開始思考敷子究竟是什麼樣的心境，甚至反過來更加關注敷子。因為被攻擊者的心境已經再清楚不過，因為被攻擊者就是我自己。

敷子這個人的心境究竟是怎麼回事？這個「究竟是怎麼回事」的情緒，大概等於換名條事件中我的困惑，想知道對方為什麼要這麼做，正因如此，我才會投稿給各位朋友。

為什麼敷子要如此貶抑光世的容貌呢？她與辰造感情不好，所以刻意貶抑女兒與辰造相似的部分，應該算是原因之一（我認為）。

但我認為基本上她沒有惡意。就好像鼻菇病、小兒乳癌一樣，她也沒有什麼動機。她是個嬌小的人，跟同樣嬌小的昌代阿姨聊過天之後，回頭看到一個大塊頭（龐然大物），覺得好笑才「喂、嘿、嘿」地笑出來，她並沒有惡意。

＊　＊　＊

一位教地理的年輕老師佐山義丈（在我念書時還很年輕），他會叫那些比較豐滿的女學生「胖妹」、「肉包」。這在現代算是性騷擾等級的大事，但佐山老師並沒有惡意。

「我覺得人是胖是瘦根本不重要，也根本不用放在心上，所以才會這樣叫啦。」

他笑著說，手上沾了鼻頭油脂，就抹到腰帶上掛著的手帕上。他就是這樣的老師。

佐山老師神經大條，但他本人可能認為這是不拘小節。他不拘小節，完全不在乎外表，也不在乎別人的外表，才會稱呼高中女生「胖妹」、「肉包」。

我盯著自己的手指。

或許父親和母親的觀感就和佐山老師一樣。

當我撰寫這份投稿，思考父母親的心境，突然就想到教地理的佐山老師。父母貶抑我的容貌和身材，或許只是不在乎容貌和身材（外表），當然也就不在乎我的身體受傷了。

我的右手中指第一指節到第二指節之間有點腫又有點歪。這已經過了幾十年，歪也沒有什麼大不了，未曾帶來任何不便。幸好我的指頭本來就不太好看，歪一點也不是太顯眼。

但是被割到的當下可是很嚴重的傷口。

當時我被ＮＴ－Ｇ型美工刀割到，刀片有一道道刻痕，前端要是鈍了就可以折掉。

那是一把新的美工刀，放在家裡的工具箱裡，裡面還有鐵釘、槌子、鋸子等其他工具。

從我小學低年級開始，如果有什麼東西要修理，我就會搬出這個工具箱。

時間回到我小學五年級十一月三日的文化節傍晚。

當天有客人上門，是父親的好友，所以他們沒有去會客室而是待在餐廳。

我在二樓的房間，將工具箱擺在做到一半的模型橋前。模型橋是美勞課的作業，要用木材做模型橋，我在學校做到一半，廣尾老師說剩下的回家當作業。

打開工具箱一看，一把還沒拆封的全新美工刀吸引了我的目光，包裝上印著「從未體驗過的鋒利」、「劃時代的利刃」之類的廣告詞，於是我拿出這把NT-G型美工刀試用。要做出橋上的小物件，必須將木材切成小片，這把用不熟練的全新美工刀，就這樣一刀割進小學五年級生的手指。

包裝上說的一點都沒錯，好鋒利的一把刀，可真是「童叟無欺」啊。我右手中指的皮膚垂下一片，好像活跳跳的透抽，鮮血像打翻了醬油瓶般源源不絕地冒出來。

不只是痛，我更被眼前這景象給震懾了。

我試著用左手把那片垂下來的鮮活透抽貼回原位，卻發現切口有個白色的東西，這是什麼？我決定別再去想，愈想就愈痛，這可能是緊急狀況下的自衛行動吧。

我是個獨生女兼鑰匙兒童，什麼事情都習慣自己處理，所以當下決定自己綁繃帶上藥。我從二樓小跑步前往放急救箱的餐廳，但是被割到的右手血流不止，左手必須按住傷口，也弄得整手血淋淋的，我只好拜託在餐廳的母親。

「我割到手了，給我繃帶。」

我無論要跟父母說什麼都得先排練，所以當下也經過排練才敢開口拜託。

母親看到我左手滿是鮮血，臉色大變。

她立刻從我身邊走過，前往會客室。

「妳在幹什麼？血沒有弄髒會客室的地毯吧？」

我就站在餐廳看著母親檢查地毯。

如我在「多段式電影」那篇投稿所說，我家的格局非常不方便，從我房間要到餐廳，就一定要經過會客室。

鮮血已經從我的左手指縫冒了出來。

父親就在我旁邊，他只要一伸手，就能拿到旁邊小架子上的急救箱。

（對不起，能不能把急救箱拿到我前面這張桌上，再幫我打開？）

當我暗自排練該用什麼語氣拜託父親時，鮮血已經滴到地板上。

「啊，血……」

客人指著地上的血滴。

父親看著客人指的地方。

他看了一眼，馬上就回頭看電視。

「這間廟我之前去過，院子裡有一大片青苔……」父親對客人聊著電視裡的景象，客人喝了一口酒。

「可是這血，這血……」他一臉狐疑，交互看著父親和我血流不止的手。

是不是該拜託這個人幫我拿急救箱？不行，要是我拜託他，父親又要罵我怎能拜託客人。我腦中霎時千頭萬緒，同時雙腳又走向洗臉台。

我優柔寡斷，腦袋又遲鈍，其實那天只要拜託客人幫忙就好，簡單明瞭，說不定那位客人就會因此成為文容堂在「多段式電影」的回答中提到的X先生。就算不是X先生，也會以第三者特有的冷靜心態，進行最快最適當的處置，或者告訴我該怎麼處置……不對，還是不可能，畢竟他看起來頗醉了。

我為何前往洗臉台呢？因為我這麼想：

（要先用抹布擦餐廳地板，不然母親又要慌了。）

這個念頭真是太遲鈍了。後來我才發現，應該先拿個毛巾之類的東西包住自己的手。

總之我在那個時間點，被母親問我有沒有弄髒地毯的憤怒語氣給嚇傻了。

（快點擦快點擦。）

我滿腦子都在擔心地板，或許是手指太痛，所以我也慌了。

「哎喲，髒了，這裡也被血弄髒了……」

我在洗臉台聽見母親的聲音。

「妳啊！妳是怎樣，是怎樣啊！」

母親氣沖沖地走到洗臉台這邊。

「妳為什麼要流血！為什麼不止血！」

（妳叫我怎麼止血呢？）

我支支吾吾，說不出話。

（啊，對喔。）

我總算看到毛巾，總算想到可以用毛巾把手包住。我的腦袋怎麼會這麼鈍？我討厭自己的遲鈍。

「妳在痛什麼啊？手指頭受個小傷當然會流很多血啊，隨便切到都會流很多血啊，貼個ＯＫ繃馬上就好啦。」

這痛不是假的，我也不是故意裝痛，但都不重要了。

（掰掰。）

我在心裡這麼說。掰掰的意思，就是我想快點逃離當下的狀況。我在心裡說：洗臉台掰掰，然後回到餐廳。

我用毛巾包住右手，所以能用左手拿來小架子上的急救箱，也能打開箱蓋。但我要是拆下毛巾又會鮮血直流，所以不能貼ＯＫ繃。沒辦法，我只好就這樣包著毛巾。

或許是由於皮膚沾黏，多年後我的中指就歪了。

關於這件事，我一樣很清楚事情發生當下自己的心境，畢竟是我自己的心情。

令我困惑的是父親與母親的想法與觀念，真的是疑團。

我認為他們可能是天生專注力太強，或許應該說是只能「單工處理」吧。因為我也是這樣，我的腦袋無法一次處理多件事情，想都不敢想。

多年前的文化節，或許父親真的一心想著電視報導的寺廟，無法注意到其他事情，或者是有會喝酒的客人來訪太開心，不希望任何人打擾他和客人愉快的談話。

母親就算看到蟑螂在筷子上爬來爬去也不以為意，卻無法忍受血沾到家具、地毯或地板上，或許也是她的天性。

這真是完全相反的「兒女不知父母心」啊。我認為他們並沒有惡意，但我也完全無法理解他們……

日比野光世

死人的臭味，回答

光小姐，美工刀的割傷日後沒有大礙，真是不幸中的大幸。

先不提您的父母有什麼苦衷，當時又是什麼心境，通常看到眼前有人受傷，出手相助不是人之常情嗎？無論受傷的是不是自己的孩子，應該都是一樣的。

那個當下，就是他們自己並沒有受傷、沒有生病、沒有被炸彈轟炸、沒有海嘯來襲，他們自己沒有任何苦痛的時候。如果自己也是大難臨頭，或許無力照顧別人，或許只能冷血無情。

我並不是在說德蕾莎修女或聖雄甘地那樣高尚的理念，而是更普通的，更常見的，更理所當然的事情。當光小姐受傷的時候，您的父母親並未遭遇任何無法應付的大事，只是在假日的傍晚，與客人邊喝酒邊看電視，或者做著平常的家事，那是個無所事事的傍晚對吧？這時候看到有人受了傷，鮮血直流，而且還是小孩（不是說自己的親生小孩，而是單純指年紀），正常來說都會幫忙包紮。就算退一百步來說，受傷的是個陌生人，幫忙包紮也是人之常情吧？

容貌也是一樣，無論是佐山老師或您的父母，無論是站在什麼立場、彼此什麼關係、從事什麼職業，人類花了數千年來構築文化，脫離獸性，卻對他人的長相和身材說三道四，甚至大肆批評，簡直就是背棄身為一個人的尊嚴，實在難堪。

難以置信的不只是貶抑與否。光小姐幫我貼過《城北新報》，所以我記得您，當時對您的第一印象是「這學生的五官輪廓真立體」。您母親卻說您眼睛小，我看她不是鼻子有病，而是眼睛有問題吧？

兒玉幸子

＊　＊　＊

針對本次「投稿」，我在提供意見「回答」之前，認為另外一封信（兒玉幸子的個人回信）是一個人理所當然會有的感想，因此附上此信。

無論是先前的投稿，或者在岩崎知弘美術館、東華菜館等地的聚會，我一直很在意某件事情。目前共有六人為「文容堂的回答」提供意見，其中包含我在內有四人對同一點相當在意，雖然僅是細節，還是無法拋諸腦後。

那就是光小姐的父母，對補習與才藝毫無興趣。

大家都認為這樣一對父母（表面上）會很熱衷於小孩的教育，然而他們從來不曾讓您學過任何才藝或補習。

光小姐是獨生女，而且是老來得女的掌上明珠。這種情況下，絕大多數的父母都會格外在乎孩子的教育。要說這是刻板印象倒也沒錯，但我們六人之中包括現任與退休教師，這是結合自身經歷所得到的印象。如果當時是戰前或戰後不久也就算了，但光小姐念小學的時候，已有許多父母執著於孩子的教育（包括經濟有困難的家庭在內），但您的父母卻不曾讓您學才藝。

某人提出以下評論（我隱匿了您的姓名與地址，此人的資訊也就不告訴您了）。

【為何這位投稿者的父母親不讓獨生女學任何才藝？這點疑惑一直掛在我心頭。

我想這不能用時代或城鄉差距來解釋。我也出身近畿地區，居住的小鎮與這位投稿者的故鄉規模差不多。我有個姊姊，附近鎮上還有幾個表兄妹，因此我比投稿者擁有更多年長、同年與年幼的樣本。這些樣本中，大家都上才藝班，例如珠算、公文式數學、山葉音樂班、書法、旺文社的LL英語教室……等等。當初覺得討厭，現在我卻很慶幸自己補過公文式，並為此感謝我的父母親。那些學珠算的表親以及上音樂班的姊姊，也都說過一樣的話。

至於我家的經濟狀況，在我念小學的時候，父親的工廠倒閉了，雖然找到一份新工作，但也欠了不少債，假日得去農家打零工，母親則在超市站收銀台努力還債。我認為投稿者家裡的經濟狀況比我家、比那些表親的家境都還要富裕。

請原諒我把話說得直白，投稿者的家庭並非底層階級，在鄉下相對有教養，甚至不乏他人上門拜託作媒，為什麼完全不讓獨生女學才藝或補習？我真的想不透。

投稿者若是有這樣的機會，人生應該增加更多選擇，可以接觸更多人……怎麼說

呢？我不太會形容，總之應該有更多方法。雖然這不是我的人生，我依舊感到無比遺憾。】

為何光小姐的雙親不讓獨生女補習或學才藝？我也想破頭卻毫無答案。

乍看之下是件小事，但您曾經獨自被寄養在不是親戚的人家裡，成長過程中家裡堆滿垃圾，爬滿昆蟲，還遭遇不科學的疾病診斷，令人難以置信的詆毀容貌……我認為這一切可能都有關聯，於是我想，這會不會是……

會不會是您父母表面上高壓統治，實際上只是粗枝大葉？

這兩人是不是非常散漫？我不禁這麼想。

一時想不到很好的比喻……這麼說吧，工業時代的英國，小孩在工廠裡長時間工作，由於個頭小，方便清理紡織機的棉絮，或是鑽進工廠煙囪清煤灰，導致煤灰粉塵堆積在肺裡，加上長時間的繁重勞動，愈來愈多小孩喪命。這促使政府頒布工廠法，禁止九歲以下的小孩就業，可見當時讓小孩操勞是多麼理所當然。工業革命發源於英國，傳播至世界各國，所以各國的父母長久以來都把小孩當成勞動力，只是程度多少的差別。

舉這個例子，並不是想說您的父母就像工業革命時代的黑心工廠老闆。那麼換個例子，說說黑白年代的電影情節吧。英俊的男主角去探視臥病在床的情人，在她的枕邊抽菸，然後到隔壁房間和醫師討論情人的病況，還是繼續抽菸，連醫師也在抽菸。當時電影裡大家到哪裡都抽菸，普遍得會把現代人嚇一跳。這代表過去的人們，確實有著與現代完全不同的觀念。

我的父母也對我很隨便。前妻所生的長子要繼承家業，三子是第二順位，排行老二的我完全沒得排序。我的母親不到二十歲就生下我，沒多久父親過世，幸好母親還年輕，改嫁給一個相對富裕的人。我的父母隨隨便便就認定拖油瓶不該繼承家業，而且不只他們，當時整個社會風氣就是這樣，理所當然。所以我也能接受父母很隨便地對待我。父親在繼承家業這部分或許對我很隨便，但以對待一個孩子而言，他稱得上疼我；在我調皮搗蛋時，也會拿棍子揍我教訓我。我的哥哥和弟弟也一樣接受這套糖果與皮鞭並行的教育。

讀了您的投稿，我慶幸自己小時候就明白為何會被打被罵。當然並非所有打罵的理由都令我接受，但至少我與兄弟知道自己被打罵的理由。先前您曾經問過有沒有「一個說法」來形容您的家庭，而我認為「嚴格」這個說法，必須建立在明確的規矩和理由上。您的家中並沒有規矩，也難怪您總是被「有別於嚴格的態度」搞得不明所以。

您同年級的朋友笑您的父母是「阿公」、「阿嬤」，可見辰造與敷子兩人的觀念，比您同輩朋友的父母親還要老上一、兩個世代。或許沒有老到理所當然把小孩當勞動力，但應該比同輩朋友的父母更接近那樣的觀念。

老舊的觀念讓他們對小孩的態度是隨便散漫，而辰造與敷子結合所產生的負面因素，更是火上加油。

辰造先生在結婚之前的人生，形成了他一部分的個性。

敷子女士在結婚之前的人生，形成了她一部分的個性。

任何人都有個性，任何個性都同時具備優點與缺點，因此辰造先生與敷子女士都有缺點。您有、我有、佐山義丈老師有、原節子有、二川先生有、松山小姐也有，大家都有。有缺點不代表就是壞人，辰造與敷子兩人也不是壞人，但兩人的婚姻可說是機緣不巧，是八字對沖的組合，就好像酸性清潔劑與鹼性清潔劑加在一起會產生毒氣一樣糟。

婚姻產生的毒氣毒害了兩人，讓他們罹患某種類似憂鬱症的精神疾病。心態老舊的父母基本上還是愛自己的小孩，但是受到這種疾病影響，辰造與敷子大大缺乏正常父母親對孩子應有的用心與注意。

因此他們看待光小姐的態度只是「一個小孩子」，相當隨便且散漫。

鋼筋水泥屋裡有個小孩子，個頭小小的人，把這人扛在肩上就可以擦到上層的架子，叫這人鑽到床底下就能撿出掉進去的百圓硬幣，更可以吩咐這人買這個來，拿那個來，搬這個去，這人手腳靈活俐落，是個方便的家庭勞務小幫手，更可以說是個僕僮。既然是僕僮，就不會想讓她補習或學才藝，只要叫她作工就好。而且老舊的學徒制度沒有工會，就算管家的人一時火氣上來找僕僮出氣，也是理所當然。

他們並不痛恨僕僮，而且自認疼愛她，甚至打算哪天讓她一起扛這塊招牌，沒有任何的惡意或排斥。

所以光小姐會真心認為「父母沒有惡意」、「父母對我很好」。

我想對辰造與敷子兩人來說，小時候的光小姐應該就是個小小的人（僕僮）吧？所以當光小姐的個頭長大了，辰造與敷子兩人都不懂該各自如何調整心態。或許他們會想，這麼大的一個人是誰？這個變大的東西是什麼？於是他們心慌，有時甚至感到恐懼。這麼一想，就算無法了解辰造與敷子兩人的核心思想，多少也能理解那些疑團了吧。

有關您搭計程車回去的事情，由於他們認為您是個僕僮，當家自然不會在乎僕僮是不是去上廁所，或者身上有沒有錢。僕僮的任務很簡單，就是自己想抽菸（想搭計程車）的時候迅速幫忙點火（負責迅速攔到計程車）。如果僕僮沒做到，主人就會暴怒。

辰造先生一直嫌您的頭髮臭，那是因為他認定您是個矮小的男性僕僮，當您的外表與他心中的僕僮不同，所見與認知產生落差，才會因為這份落差而覺得自己聞到事實上不存在的臭味。

敷子女士在商店街見到您，卻認不出您是誰。如果她一直認為您是個僕僮，那僕僮就該在家裡待命，或者聽主人的吩咐去商店街辦事，不可能隨便出門到處閒逛，所以見到您才會認不出「這是誰？」

再說到您被撫摸身體的事情，由於她和丈夫相處不好，飢渴難耐，為了洩慾才會做出類似舊時的人掀僕僮的和服下襬，才會潑水嘲弄，才會把青蛙放進僕僮內褲裡嚇她的事情，這麼想就似乎可以理解了。當然不是說這種行為合理，只是如此推論起來比較能夠理解，然而這種行為卻忽略了光小姐的人權。

＊　＊　＊

讀大學時的光小姐經常光臨本店，想必是到東京念大學的關係。

「我是近畿地區出身，上大學後才到東京來。」

這件小小的事情，我想也經歷過許多不容易的挑戰才能成就。

畢竟東京離您的故鄉十分遙遠。

有些人生在某塊土地上，就在那塊土地附近過一輩子，姑且就稱為「固定人」吧；另外一些人會離開故鄉前往他處生活，在此稱為「移動人」。

「移動人」有時候容易誤會。假設我生在山陰地區的市鎮，當地與您的故鄉規模相近。此後我進京念大學，從山陰前往東京，在東京感受到的印象無論好壞，都會讓我誤以為「東京就是這樣的地方」。

其實不是。除了氣候之外，我所感受到的東京印象都不是源自於東京本身，而是「與自己生長的故鄉不同的土地」的印象。

一個人長久住在同一塊土地上，或者有過移動的經驗，會大大影響這個人的情感乃至於思想。然而就同在國內的情況來說，我認為人是否擁有移動的經驗，影響遠大於移動到什麼地方。

另一方面，幾乎所有「固定人」的觀點都有闕漏。

對固定人來說，移動人可能只是搭個新幹線或飛機就來到他們的地盤，只要想搭，隨時都可以過來。

但是他們會漏掉搭上交通工具之前的事情，尤其住在東京與東京周邊的固定人，更容易漏掉這部分。

十六歲或十八歲之前都跟父母親一起住的人，如果要前往「遠離老家的土地」，尤其前往像東京這樣的大城市，得先跨越幾座門檻。

一直住在東京或首都圈的固定人，我們就先大致歸類為東京人好了。幾乎所有東京人都有個錯覺，認為我和光小姐這樣進京念書的學生，就是某天跟父母親說「我要去東京。」父母親聽了回答「是喔，路上小心。」就出發了。

這真是天大的錯覺。

根本沒有父母親會這麼說。

幾乎所有父母親都會極力反對，而且幾乎所有孩子都猜得到父母會極力反對，孩子要先克服父母的極力反對才能搭上交通工具。而且說到極力反對，每個家庭的程度又有所不同……

這次換我想請問光小姐。

根據先前多次投稿，您家可說是銅牆鐵壁，您究竟是怎麼逃脫出來的？

文容堂

*　*　*

文容堂，您好：

我在鋼筋水泥屋裡被賦予的任務，或許真的就是「當一個小小的人」。讀過這次的回答，令我回想起一件事，非常符合您的說法。

當時我已經是大學生，因故必須去拜訪父親的朋友，這位朋友住在大城市裡，我和父母親說好在當地會合。見過這位朋友之後，我們三人前往飯店投宿，父親事先已經訂好飯店房間，由我去飯店櫃檯辦理入住手續。沒想到飯店員工一看到我就高聲驚呼：「咦？」原來父親打電話訂房的時候說：「一對夫妻與一個小朋友要住。」於是飯店人員在房間裡擺了一張兒童用的簡易小床，當天只好急忙準備三個成人用的房間。由此可見，或許文容堂的回答確實沒錯。

至於文容堂問我究竟如何逃出那個家，容我以另一封信再行回答。

日比野光世

縝密的逃脫

文容堂，您好：

我從事現在這份工作的契機，可以說就來自文容堂。

讀大學的時候，看見貴店牆上貼著手寫的《城北新報》，那美麗的字體令我敬佩。稻邊和子老師曾經在寫字課上用心教導過我，所以我很在意文字與筆跡。《城北新報》的散文寫手各有各的筆法，也各有各的味道，其中幸子女士書寫「說來聽聽好嗎？」專欄的字體更是堪稱一絕。

稻邊老師的字跡很像電腦的標楷體，筆跡精準而毫無特色；幸子女士的字跡則是活力四射，十分優美。

某天我一如往常，看完《城北新報》之後準備走出店門，突然見到這樣一句廣告文宣。

「現在還不遲」

那是書法教室函授課程的傳單，和其他免費傳單一起放在書店門外的架子上。主文宣的字體很大，下面則印了另一排小字。

「你的字可以從現在開始變美」

再下面又是更小的字體，印著課程詳情。

正如文容堂上一次的回答所說，我與補習或才藝無緣，只在學校的課堂和稻邊老師學過硬筆字，連毛筆或鋼筆字都沒學過，因此我的字跡就像小學生一樣幼稚。我期待靠函授課程可以讓我的字可以有所進步，又被「一個月免費體驗課程推廣中」給吸引，最後總共上了半年的書法函授課程。隔年停止函授課程，參加該校的面授密集課程。

雖然只是小事，卻讓我對這間學校相當有好感，於是我辭去第一份工作，轉職到這家專門學校的總部上班。這家專門學校的校舍在橫濱，但是函授課程與學校營運的總部在相鐵線上，和我目前的住處在同一條線上。

「究竟怎麼逃出那個家？」這個問題，我想是問一個住在鋼筋水泥恐怖昆蟲館的未成年少女，究竟如何抵達現在的居住環境？背後經過多少掙扎？

就如同我先前的投稿都缺乏戲劇性，我對這個問題的回答應該也一樣平淡無奇。

方法應該與文容堂所提及的大多數「移動人」會採取的手法相去不遠，換句話說就是沒有任何戲劇性。

＊　＊　＊

小學五年級的深秋。

也就是用美工刀割傷手的時候。

（我得逃出這個家。）

我這麼想。

（我不能留在這裡。）

我強烈地這麼想。

有什麼方向可以逃？該怎麼樣才能逃？我不清楚，但我滿腦子都想著，我一定要離開這個家。

我曾經在Q站站前商店街的大川書店，也就是我家會定期去結帳的那間書店，利用先前投稿所提及的「趁火打劫法」買了一本B6大小的日記本，封面印著忘憂草的插圖。在其中一頁，我用又粗又黑的水性原子筆寫了幾個字。

「我得逃出這個家。」

我寫得很大，幾個字就寫滿了這一頁。

我一直思考該如何是好。還在接受義務教育的少女沒有取得金錢的手段。一般人升上高中後可以打工賺錢，但在我家不可能。究竟有什麼具體、確實，而且肯定能夠從家中逃脫的方法呢？

以青少年所有的知識與經驗，我想到可以考取離家很遠的大學。我家訂閱學研的《科學》與《學習》雜誌，商店街的大川書店會按照我的年齡，自動將雜誌更新為《國一程度》，我在裡面讀到大考與升學的內容，才想到這個方法。

對剛升上國中的我來說，能不能參加大考還是很久之後的事情，更大的問題是「考取遠方城市的大學」，這個方案簡直等於逃出家門，有如北極星一般遙不可及。

那要如何「考取遠方城市的大學」呢？

「總之在那之前不可以惹出問題，不可以引人注意，要乖乖披著羊皮。千萬不能對父母頂嘴，不要被老師盯上，不要讓人以為我心生叛逆，要假裝成一個喜歡運動的開朗小孩。」

國二時我在日記裡這麼寫，還用紅筆把重點用力畫了好幾圈，可見那天有多麼憤怒。於是我不斷演戲。

除了投稿中提到的內容之外，還發生過很多莫名其妙的事情，很多，真的很多很多，但我從來沒有唱過反調，只是沉默。

可惜我連整形都滿腦子想著失敗，算不上是堅強的人，算不上是正面的人。逃離家門這個目標支撐著我的心靈，但我還是好幾次差點放棄假扮沉默的羔羊。當時我正值青春期，心中產生各式各樣的自我。

「我要逃，我要離開。」

我寫了這樣一張紙條藏在時鐘裡。

那張紙原本包著過年的吉祥菓。那份吉祥菜，是一位神社主人過年的時候來拜年（不是為了宗教儀式，只是父母在鄉村裡的朋友）時給的。我將包吉祥菓的紙剪下一小塊來寫字。這位客人所主持的神社算是鎮上最大，但我沒有什麼宗教意識，只是很幼稚地認為這個人送的吉祥葉很靈，包吉祥葉的紙應該也很靈，所以才用這張紙寫了紙條，藏進時鐘裡。

這個鐘早在搬進鋼筋水泥屋之前就在家裡，是一台發條時鐘，有著厚重的石質字盤，一直放在緊鄰玄關的會客室裡的鋼琴上，由我負責上發條。某天我從工具箱裡拿出起子，拆下時鐘後面的金屬板，把紙條摺好藏進去。我相信只要收在天底下沒有其他人知道的地方，就能成功欺騙老師與父母，假裝成一個沒問題的好孩子。這是我許願的方法。

當時我的心靈發展突飛猛進，愈來愈衝，以為自己這麼做很成熟，但現在回想起來真是有夠「中二」[1]，忍不住覺得好笑。不過當我在家裡遇到先前投稿所述的莫名其妙遭遇，只要從餐廳裡盯著時鐘，真的就能忍住那口氣。

只是也有忍不住的時候。

比方說身邊只有同學，沒有鄰居也沒有老師，我說的話不太可能傳到父母親耳裡，就會比較鬆懈。

---

1 全稱為中二病，日本網路流行語，形容自以為是，以自我滿足為前提做出奇特言行的人，也泛指青春期特有的價值觀。

我曾經對同學撒謊：「我是從金星來的。」或者「我的親生父母住在姆奇普奇島上，我以後要回故鄉。」

我很清楚自己在說謊，對方聽了也是一臉「妳在亂講什麼東西？」的表情，那表情就像友坂同學跟早水同學看到我一樣，帶有「這個人真討厭，說些奇怪的話想引人注意」的厭惡感，這些我都非常清楚。

比起喜好，日本人習慣把厭惡表現得更為明顯（喜歡表現負面情緒多於正面情緒），所以對方都會有反應，聽到我的胡言亂語，對方就會臉色大變。在那短暫的一瞬間，我以為自己真的身在金星，或者在姆奇普奇島上，不必受到父母親莫名其妙的責罵，住在沒有蟲子的家裡。我會產生一種幻覺，以為自己住在上學途中那戶「可以自由自在過暑假的人家」裡。

我由衷認為長大真好，我再也不要說那麼不堪入耳的謊言了。

＊　＊　＊

長谷川先生曾經寄給我一封電子郵件，裡面寫到：「您在先前的投稿中，從未對父母親大聲說過一句話，也從未當面對您的父母親抱怨過。老實說，您能忍到這個地步，我覺得十分不正常。」

長谷川先生當然會覺得不正常，因為我並不是忍得住，而是害怕。

或許這像是在找藉口（？），但幾乎所有接觸過父親的人，也都很怕父親。

我家和父親的親戚幾乎斷絕往來，只和母親的親戚交流，幾乎所有人都怕辰造。我法律上的父親日比野義雄收養了我並金援辰造，照理說沒必要怕辰造，甚至可以說有恩於辰造，但就連我外公外婆也很怕辰造。

不只是親戚。我念高中時，某天在家門前打掃，附近一家大農戶辻先生的年輕太太洋子開著小貨車停在我面前，放下一個裝著白米和蔬菜的紙箱，說：「這給你們吃。」我和她一起把紙箱搬到玄關，說要去叫家人出來，洋子太太竟快步跑回小貨車，說：「饒了我吧，饒了我吧，我好怕妳爸爸，一見到他就嚇得發抖。我今天本來打算把東西放在門口就默默走掉的，哎，這米和菜妳自己拿給妳爸媽吧。」然後立刻發動引擎離開。

我也經常聽別人提起他們好怕辰造，不想見到辰造。

我認為辰造可能有種類似人力仲介者知道如何操弄人心的天賦，就連管不住的凶猛大型犬，在辰造面前也要乖乖縮著尾巴。

我能夠在家裡吃飯睡覺，並不是我忍耐力夠強，而是像大農戶的洋子太太那樣怕得渾身發抖，根本沒有力氣開口抱怨。

再加上母親的「絕對不誇獎教育法」效果卓越，我對自己完全沒有絲毫信心，總是心驚膽跳，深怕同學、老師、街坊鄰居哪天會嘲笑我的鼻子和眼睛或外表長得醜陋。我是隻渾身發抖的小狗，只會發出愚蠢的尖叫，而我最大的自衛堡壘，就只是謊稱自己住在金星，住在姆奇普奇島，惹得對方生氣，然後瞬間逃往幻覺之中。

當時日本還存在根深蒂固的儒家道德觀，以及在鄉下小鎮尤其熱切傳播的基督教道德觀，這些都不曾給過我救贖，只把我嚇得更慘。

我就是這麼軟弱（軟弱的腦袋、軟弱的氣力、軟弱的身體），所以無法爆發怒火，我只能將一切往心裡頭塞，就像那個堆滿垃圾的房子一樣，塞得到處都是。

我曾經夢見自己對父母親頂嘴大吼，還曾經真的半夜吼出聲而驚醒，這不只一、兩次，恐怕還不只五、六次。

高中二年級某天晚上，正如先前投稿之類的內容，我又受到完全不明不白的責罵，一肚子火。

夜深了。

憤怒到極點的我，從廚房拿出兩把銳利的生魚片刀放在餐桌上。我記得在哪裡讀過，刀子一旦砍殺或穿刺人體，脂肪就會黏在刀上把刀弄鈍，一把刀頂多只能殺一個人，所以我準備了兩把刀。

我當時想，我要殺了他們。憤怒到極點的我，不是赤腳也沒有穿拖鞋，而是換上玄關的外出鞋直接踏進家裡，可見我有多認真，我打算殺人之後直接逃走。這個時間點還算殺人未遂，我完全沒考慮到要怎麼逃，要帶哪些東西逃，就只是被一時的怒火驅使。

辰造的房間比較靠近餐廳，所以我拿了一把刀在黑暗中前進，在滿月的月光下，我看見牆上有幾隻蟑螂爬來爬去，但我怒火攻心，連蟲子都不管了。

突然我感覺腳掌一陣刺痛，由於我家不丟垃圾，壞掉的木箱直接放在地上，我一腳踩下。木箱的釘子突了出來，我穿的外出鞋又只是每天上學穿的廉價帆布鞋，連鞋帶都沒有的款式，鞋底很薄，一下就被釘子刺穿。

（穿這雙鞋逃不掉，我得換雙更好跑的鞋子來。）

由於我已氣瘋了，臨時只能想到這樣的事情。我手裡還拿著菜刀就這麼回到自己的房間，摸黑在書桌邊尋找一個袋子，裡面裝著體育課用的田徑運動鞋。「我要殺人」的混亂衝動，告訴我「不可以開電燈」。

藉著月光，我拉出那個袋子，袋子撞倒了收音機。當時的收音機不像現在這麼小巧，它有著可以上下扳動的小開關，收音機被撞倒的同時也打開了開關。

這讓我清醒過來。

首先我大吃一驚，就像聽到有人出聲那麼吃驚。有人說驚嚇的效果類似於聞到提神藥，於是我整個人都醒了。

我總是很小聲地聽收音機，避免聲音傳到其他房間，所以開關打開也沒有很大的聲音。收音機只是靜靜報導著路名，交流道名，還有塞車時段。「以上是路況資訊」溫柔的女主播說完之後，換男主播報新聞，新聞很簡短，但是「逮捕」、「警察」這兩個詞讓我清醒過來。

由於我前一秒還非常混亂，清醒時，腦中所想的都無關道德。

（為了那種人坐牢就虧大了。）

我是這麼想的，我認為動手殺人，就枉費我一路裝乖忍到現在。

真是沒血沒淚的冷靜。

真是完全不知人情世故的自私青少年。

一根釘子刺穿單薄的鞋底，加上收音機的深夜新聞，一連串巧合救了我，真的解救了我的人生。

從那天起，我再也沒有氣急攻心過。無論上學之前，從學校回到家，準備晚餐，走出浴室，只要經過會客室，我就會緊盯著鋼琴上的發條時鐘。

（我得想個實際的方法。）

後來我才想到一個可具體實現的方法，就是「考取遠方城市的大學」。但是當時的我住在鄉下小鎮，不像大城市能輕易取得報考資訊，也沒有去上考試解題技巧的補習班，只能悠哉悠哉、慢條斯理地準備考試。

我在高三深秋才開始這個計畫，先前都在享受運動會、校慶等活動。鄉下的公立高中校規有等於沒有一樣，校園生活幾乎沒有任何管制，大家就像穿睡衣上課那麼輕鬆。我原本討厭運動會，但是高中的運動會與校慶都是很好的娛樂，回想起來，母校風氣就是放任學生自由發展，住在恐怖昆蟲館的我，或許因此獲得不少救贖。

決定考試升學的時候，我表面上的第一志願是縣內國立大學的教育學院，第二志願是縣立短期大學的教育學院，第三志願是鄰縣私立女子大學的教育學院，而第四志願，是私立女子大學的文學院。

無論文學院或理學院，畢業後可以當學校老師或公務員，家裡就會放心；而且就出路來說，女生第一志願選擇教育學院，是最能讓家裡放心的方法。

我列為第四志願的私立大學位於東海地區的大城市內，我曾經做過模擬考，發現自己可以輕易考上這個第四志願，只要利用高速客運就能輕鬆上學，交通費又便宜，所以Q市一帶有不少人考那個地區的學校。

新垣同學的父親就從那個地區的學校畢業，他自己也讀那裡，小美也讀那裡，她姊姊也嫁去那裡。Q市還有好多人從那裡的大學畢業或考上那裡的大學，我父母都認識。

聰明人應該都猜得出來，我心目中真正的第一志願並不是縣內的國立大學，也不是鄰縣的私立女子大學，而是那間私立女子大學。

我緊盯著發條時鐘，這麼鼓勵自己。

（我要用實際的方法，不會被警察抓走的方法，確實逃出這裡。）

後來我只考上第四志願，就去那裡就讀。其他三間都沒考上，其實考其他學校的時候我幾乎都交白卷，但現在回想起來，我根本沒有在認真念書，就算不幹這種事情，結果應該還是一樣。

幸運的是，之前送我印有芭蕾舞者圖案鞋袋的那對夫妻，搬到那間大學所在的城市來了（我就是知道這件事，才研究《高三程度》的考試資訊，選擇該城市的大學當第四志願）。我還很小的時候曾經寄住在這對夫妻（我記得全名，但就不提了）家中一段時間，還另外寄住過好多戶家庭，裡面只有少數人未曾與我父母斷絕往來，這對夫妻就是其中之一。

我高中畢業時，這對夫妻年約六十五歲左右，四個孩子都已經結婚，夫妻與長子同住。當時日本開始流行兩代同堂宅，兩代人同住一間房子，但是兩戶玄關分開。老夫妻那一戶的玄關旁邊是間一坪半和室，也就是我寄宿的地方。父母親聽說我要寄宿在那個家庭，一口就答應了。如今回想起來，一口答應的理由或許就隱藏在文容堂上次的回答之中。

文容堂上次的回答之中，曾經提過「辰造與敷子心中一直認為我是『小小的人』，而且潛意識中期望我『永遠當個小小的人』。」在我年紀尚小，個頭也小的時候，被寄養在不同家庭過，當我提議要回到與當時一樣的居住環境，或許父母親反而心平氣和。

我在大學認識的同學聽說我寄住在別人家，要與人共用玄關、鞋櫃甚至一起吃飯，驚訝地說真是太不自由，但同學要是讀過我的投稿，就知道和這對夫妻一起住，遠比跟親生父母住要輕鬆自在太多了。

可惜每隔一週的週末，我就得回老家一趟，甚至更頻繁。

只要有私家車，往來Q市與這個城市非常方便，所以這家人會好心開車送我回家（這對夫妻在Q市有舊識，所以順便兜風）。

「不愧是辰造兄的千金，好認真，整天都在讀書呢。」

「不愧是敷子姊的千金，多認真啊。而且打扮又樸素，不像時下大學生那樣花枝招展的。」

每次送我回家，這對夫妻和他們的長子夫妻就會向我父母親這樣報告。

他們對我的評論一點都不虛偽，因為我確實「整天都在讀書」準備考試。我的確考上了女子大學，但夫妻住家附近就有間很大的升學補習班，當時門禁寬鬆，我隨時都能溜進去旁聽，因為我正在擬定離家更遠的計畫。

要解決家系問題，第一步就是要離家，離得愈遠愈好。我想，我就是要去一個能夠實際遠離父母親的地方。

但是要執行這個計畫必須跨過幾道門檻，我選擇階段性的離家方法。如果要夠遠，不是北海道就是沖繩。我家在關西，只能往東走；我腦袋不好，要選擇只考三科的大學；我偷偷潛入升學補習班，調查北海道有哪間大學只要考三科……去北海道要花不少旅費，而且在北海道住上幾天，連續報考幾間學校，還要花更多旅費與交通時間。這麼說來，學校最多的地方還是東京，考上之後的生活費(暖氣與治裝費)北海道跟東北會高很多，另一方面是我打算靠打工過活，東京有較多工作機會。

寄宿在那對夫妻家之後，我第一次定期收到零用錢，也就是生活費。我省錢省到一毛不拔的地步，而且還偷錢——偷我父母的錢，從家裡的垃圾桶。

文容堂在先前回答中指出「辰造與敷子兩人表面上高壓統治，實際上或許只是散漫」，或許真是如此。我將紙箱垃圾桶搬到院子裡那個「垃圾焚化場」，把垃圾倒進凹坑裡要燒時，從中找到裝著鈔票的信封三次。緊握生魚片刀之夜那陣子有一次，大概十個月之後再一次，再過兩個月左右又一次。

「垃圾桶裡怎麼會有錢？」我一點都不驚訝，甚至感覺合情合理。他們不收拾垃圾，不收拾東西，也不收拾昆蟲（不敢收拾？），當然會忘記把錢收在哪裡，有時就夾在其他東西中，當成垃圾處理。畢竟家裡的豆腐包裝袋、泡麵杯、郵購目錄、股東報告全都混在一起。這三次，我總共發現了三十一萬日圓。

到了十二月，這筆錢加上我在寄宿過程中省下來的錢已經有了相當的數目，於是我寄出表格報考東京的私立大學，從寄宿處旁的大型升學補習班拿了「考試宿舍」的申請表，訂了數人共住一間的考生專用宿舍，便宜又安全，就這麼進京趕考。我老實告訴供我寄宿的夫妻，說要再考一次東京的大學，但同時也拜託夫妻倆：「若是落榜了會很丟臉，請幫我保密。」有了這套說詞，對方完全不會再多問我為何不告知父母，加上我平時就裝得很認真，深獲信賴。

782。當我在榜單上看到這個編號，大衣口袋裡的雙手立刻緊緊握拳。接下來該怎麼行動？我在教務課前翻開筆記本，不斷盤算。

「有什麼事嗎？」我盤算得出神，時間久到大學職員都上前來關心，最後我決定採取以下行動。

先從包包裡拿出錢，辦好入學手續，打電話給供我寄宿的夫妻（夫妻倆真誠地歡天喜地），然後請他們通知我的父母，再搭新幹線回到寄宿處。

父母在電話那頭應該很驚訝，他們立刻趕到那對夫妻家，我比他們晚十多分鐘到，碰巧在晚餐時間抵達。夫妻倆與長子一家人備妥大餐，盛大慶祝我金榜題名。這下我也吃驚不已，我本來想定父母其中一人，或者兩人一起趕來，我就可以趁著這對夫妻在場，求父母讓我進京。

結果開朗的夫妻倆與長子一家熱熱鬧鬧地吃著慶祝晚餐，辰造與敷子整個融入氣氛，理所當然地慶祝我金榜題名。長子一家是虔誠的基督徒，會上衛理教會，而我考上的大學的宗教主任之前就在該教會當牧師。「那位先生所在的大學肯定沒問題。」、「考上那間學校可以放心了。」大家信心十足地替我說服父母，而且那間大學的分數本來就很高。我就利用了在大川書店趁火打劫買書的技巧，順利離家更遠更遠。

這件事情讓我體認到開朗的氣氛，以及人多勢眾，具有很大的影響力。

而我遲鈍的個性，在當下應該也發揮了一點功用。

我認為應該有很多人想要逃離老家，不是出自魯莽，而是有自己的苦衷。階段性地遠離老家或許令人不耐煩，但這個方法卻無疑地低成本、低風險。我的第一目標是「實際遠離父母」，我應該堅守第一目標，選擇確實的手法，憤怒到拿菜刀以對，不能解決任何問題。所幸釘子刺穿我的便宜鞋底，真是冥冥之中的一股助力。

剛就讀東京的私立大學那時候，父親還是會下達很符合他個性的命令。我在辦入學手續的同時也辦了住宿手續，父親不喜歡我住在宿舍，他認為住在大學宿舍的女生都是壞學生。

或許文容堂說的沒錯，父親心中真的有一種類似瘋狂的情緒。那股瘋狂讓他說出住大學宿舍的女生都是壞學生，也讓他認為剛從小學畢業沒多久而且身無分文的女兒，會從東華菜館搭計程車回家。

總而言之，我就寄宿在西武線沿線的某個人家，開始通學。

這個家庭由一對四十幾歲的夫妻與兩個小孩組成。在我去寄宿的兩年前，太太原本同住的媽媽過世了，這位老奶奶擅長打毛線，曾經送我一件手織毛衣，上面是《小姐與流氓》

裡面那隻母狗的圖案。我年幼時，也曾經寄養在她身邊一段時間。

回想起來，這些非親非故的外人，只是碰巧認識我的父母，卻在我年幼時期幫了我不少忙。

杜鵑鳥會把自己的蛋交給別的鳥去孵，別的鳥幫忙孵蛋，卻不知道那是杜鵑鳥蛋，就當自己的蛋來孵；母狐獴會殺死其他母狐獴的幼獸，確保自己的孩子在團體中有更高的地位；母猩猩一直都很疼孩子，不過只限自己的孩子。只有人類會疼愛別人的孩子。

就因為他人的好心疼愛，念大學時，我才有機會逛附近的文容堂書店。

* * *

我的暫緩執行期間只有四年。

文容堂在上一次的回答之中，提到東京在地人與進京人的差別。

我是個進京人，弄錯了暫緩執行的期間。

只有四年，我卻以為多達四年。

東京在地人在這短短四年的絕佳時機中，不會錯過任何絕佳時機。

東京在地人不會忘記學習。這可以說是學習的絕佳時機，要完全活用大學生的身分，取得與考試答題技巧完全不同的知識。東京在地人不需要耗費遠距離移動的勞力，就能輕鬆學習，另外天賦異稟的進京人也會沉浸在知識之中。

可是平凡無奇的我完全忘了。

我故意被當，讓自己的暫緩執行期延長一年，但我本來就是個遲鈍的人，不聰明又不敏感，光是拚命跨過離鄉的門檻，就已經耗盡我本來就不怎麼多的氣力，無法在生活裡擠出努力學習的空間。

在老家不能做的事情，甚至在送我芭蕾舞者鞋袋的夫妻家不能做的事情，現在都能做，讓我開心得不得了。可以跟朋友聊到電話燒掉、炎熱的夏天夜晚睡不著，可以一個人到附近散步、在房間裡看電視聽廣播，相聲跟說書逗得我哈哈大笑、買胸罩來穿，自己洗自己晾……能做這些事情真是太開心了。或許大多數人都能輕易做到，但在恐怖昆蟲館絕對不可能，當我做到的時候真是非常開心。

畢業之後我到北關東的農協上班。我寄宿家庭的爸爸就是出身自北關東的人，他和他父親都在農協工作，所以有農協徵人的訊息便告訴我。那個地方對Q市來說交通不便，光搭新幹線還不會到，還得轉搭電車才能抵達。我去農協上班，親戚跟故鄉小鎮的鄰居應該都會放心了吧，如此一來我總算是甩開他們了。我一個單純的大學生選擇了農協，沒想到農協其實是個又大又複雜的組織，當時我被分發到金融部門，感覺自己不適合做業務。某天出差辦事時，碰巧發現書法專門學校在徵員工，就順水推舟地換了工作。

經常有人說「適合自己的職場」，或者「能一展長才的職位」，我現在也能這麼說。但這種東西事先不會清楚，也沒有人知道。我第一份工作大概做了一年就辭職，如果當時能繼續堅持，或許也會發現自己也不知道的優點，讓天賦開花結果（笑）。不過「如果」、「要是」這種說法終究只是幻想，現實世界無法穿越時空。無論怎麼想「要是當時怎樣」、「要是以前怎樣」，都不可能重新來過。我當時選擇了換工作，決心來自於我真正的心意，我好想接觸書法與硬筆字，但不是為了父母、親戚或鄰居等他人的眼光。

我轉職的書法專門學校函授課程部門，在我剛去那裡上班時碰巧推出其他生涯學習課程（為了拓展科目才招募新員工），各課程的教材都有個欄位，讓學生（從高中生到退休銀髮族都有，老少咸宜）寫信給公司。這個專欄由員工兼差處理，我在幾年前加入承辦團隊。我不擅長高聲與人交談，動作也算不上靈活俐落，這個專欄非常適合天性駑鈍的我。

這不像做衣服的松浦小姐那麼「水車小屋型人」，但我想應該非常接近了。

＊＊＊

拜讀您的「回答」。

以國高中時期為主的青春期，難免有情緒爆發的時候，而且通常有如火山爆發一樣可怕。

光小姐說自己駑鈍，說您腦袋轉得慢，如果是真的，連您這樣慢條斯理的人都會在半夜裡拿起菜刀，可見情緒爆發有多可怕。

這可怕的爆發，可能會連您本身都一起燒毀。

沒想到家裡滿是垃圾、蟲子以及壞掉的木箱，最後是因木箱的釘子刺傷了您的腳底——恐怖昆蟲館救了辰造與敷子兩人的性命，更重要的是也拯救了您。這可怕的巧合簡直就像精心設計的黑色喜劇。我不禁想，真是老天保佑。

辰造與敷子兩人的言行確實頗為瘋狂，但另一方面，社會上有些父母親的暴力行徑遠比兩人更加殘忍。您的投稿不時提醒我們，這世上就是有這樣的人，正是這些您所承受的沉重壓力讓您痛苦掙扎之事，不僅只是您家中發生的事，也昭示出一個家的內與外之間存在著一條溝渠。

我在上一次的回答之中提到了「移動人」。

其實「固定人」還會漏掉另外一件事。

那就是鄙視「移動人」，認為「移動人是拋棄父母的無情之人」。

不和父母親同住，在現代也會遭人鄙視。

說的不是拒絕跟高齡、重病、殘障的父母同住的情況。

而是不與硬朗的父母同住會遭到鄙視。

誰會鄙視？就是同鄉人。光小姐在第一次投稿中提到，鄉下生活很辛苦。其實東京也由許多市鎮組合而成，前不久才報導某家東京的企業在徵人時，會刷掉那些沒有與父母同住的女性應徵者。

從故鄉看到遠方閃著七彩霓虹燈，覺得好美麗，想去那裡瞧瞧，這沒什麼不對。到了霓虹燈底下瞧瞧，覺得好漂亮，看完之後又回故鄉的家裡去，也沒什麼不對。

但是有些移動人並不是為了追求耀眼的霓虹燈，而是為了甩開家裡的某些事情，為了逃避，為了解決問題或改善問題，才會拚死拚活地逃出來。

沒有遇上這種事情、沒有奮力脫離家庭的人不會知道離家的人的苦衷。因為不知道，只好想像離家的人都是為了追求七彩霓虹燈，所以才鄙視他們。

光小姐啊，這是所以您在Q市一直被鄙視。

這樣也好，想得到什麼，總得失去點什麼。

文容堂

＊　＊　＊

敬啟者，文容堂：

正是如此。

我有個大學同學叫做沙織，她來自一個小鎮，規模跟我的故鄉差不多。沙織突破了比我難上百倍的關卡，通過知名音樂雜誌出版社的徵才考試，我們這群朋友歡天喜地，還在學生餐廳替她辦了慶功宴。

但是沙織故鄉的小鎮卻謠傳她要去當脫衣舞孃，害她父母連出門買個東西都羞於見人。原來沙織就職的消息傳回她的故鄉，當時該出版社發行的音樂雜誌封面剛好是一位當紅的龐克搖滾女歌手，染了一頭金髮，身穿黑色皮質的馬甲與內褲，還配一雙黑色吊帶襪。這情節簡直就像說笑或相聲，但只要在現場就笑不出來，大家都在背地裡竊竊私語，說些難聽的壞話，我非常非常清楚那是怎麼回事。

離家果然是正確答案。

離開家，並不會讓所有問題瞬間消失。

父母親年紀大了才生下我，我上大學的時候他們已屆高齡，罹患各種疾病，我只能搭新幹線來回奔波探病。這種生活讓我跟婚姻、戀愛這些事漸行漸遠，也不時回想起那些陰沉的往事。

但是也就因為我離家遙遠，才能撐過這一切。

離家之後有自己的生活，有個自己的歸宿，有個跟家裡無關的空間，我才能撐過來。

「妳不能結婚。」

「妳不准結婚。」

一起自創各種鼻病的父母親對結婚的意見也完全一致。他們即使臥病在床，依然不斷告誡我「千萬不能結婚」、「結婚就會倒楣」，簡直就是以此為樂，看來他們對自己的婚姻真的非常絕望。

不是我要乖乖聽話，但有這樣的父母親，我理所當然會由衷地說：「真的，還是不要結婚最好。」

結婚和戀愛是兩人個性的合奏，而每個人的個性都受到家庭環境的莫大影響，所以我在男人眼中不可能有任何魅力。這絕對不是什麼自卑的說法，也不是自怨自艾，自暴自棄，是到了我這個年紀，能平心靜氣地回顧那個希望自己很迷人的青春年華所下的客觀結論。現在我看著鏡中自己的長相和壯碩的骨架，甚至會感到噁心。先不提在男人眼中我有沒有魅力，當一個人想要去接近另一個人時，卻發現對方十足地自我厭惡，那他就會想遠離對方，失去了接近對方的意願，我認為理所當然。

即使如此。

只是因為離家夠遠，就足夠讓我接受這輩子就該往返東京與Q市（父母所在的療養院或醫院），接受我不可能擁有愛情，我認為這是我這個人的個性，也是我的人生。我想也是時鐘之神很靈驗的關係吧（笑），我在那座發條式的石頭時鐘裡藏了一張摺好的紙條，不知道是父親還母親，寧願把家裡空間用來收藏幾百個豆腐包裝袋，卻把這麼漂亮的鐘給扔了。

無論愛情或工作，我現在的生活依然有煩惱，理當如此。

但是離開家之後，當我選擇要對某人說出煩惱和困擾（這麼說有點怪，但是也不可能把所有煩惱和困擾都說給別人聽吧？），我就真的能說出來，只是說出來能不能解決又另當別論。

我還住在Q市鋼筋水泥屋的時候，就算想要找人說，也絕對辦不到。

如先前投稿所說，我曾經試著對幾個人說出這些事，但不是說到一半被打斷，就是沒能成功傳達。

那種無法傳達的失敗很像恐怖故事。

電影、漫畫、戲劇不都有「恐怖」這種類別嗎？恐怖故事裡的主角都註定是孤立無援的，在此以我小學時在表姊家看的老漫畫來舉例——

女主角與父親相依為命，父親再婚娶了後母，但後母其實是化身為人的蛇精，只要跟女主角獨處就會現出蛇形。女主角向父親和鄰居求助：「新媽媽是隻蛇，救命啊！」但沒有人相信她，最後父親對女主角說：「妳真可憐，一定是生病了。」要把女主角關進地下室。在被關進地下室的前一刻，一個送報的男孩出現，少女抱著一絲希望對男孩全盤托出。男孩與女主角年紀相仿，能做的事情並不多，男孩躲在房間的壁櫥裡，發現後母現出蛇形，嚇得放聲大叫。最後男孩衝出壁櫥，拉著女主角的手跑去派出所，向一名警官求助，最後成功解救了女主角。

這個故事最讓我害怕的部分，就是女主角費盡唇舌，周遭都沒有一個人相信她的話。嚴格說來幫助女主角的人是警官，但是看到送報男孩相信女主角說「我媽是隻蛇」的那一幕，我心裡真是鬆了一大口氣。

以前我告訴別人家裡發生什麼事，為什麼大家都不信？現在我懂了，因為那些事情不是悲劇。

「恐怖故事」裡面後母的外型與欺凌讓女主角怕得發抖，女主角必須要碰到這樣的悲劇，別人聽到、看到才會關注，但我碰到的事情並不算悲劇。

我要再次重申，我真心認為自己的生長環境並非悲劇，也沒有吃過苦。這不是為了避免故鄉的鄙視，也不是要裝好人，是我真心的想法，希望文容堂能夠相信我。

正因為如此，我才無法把那些雞毛蒜皮的小事告訴別人。我只要開口，對方就會打斷我說：「妳的爸爸媽媽是那麼好的人，不可以講他們壞話」、「妳是受盡寵愛的獨生女，還有什麼好嫌的？」父母親經歷過戰爭，我卻在太平盛世中安穩過活，也讓我抱持強烈的罪惡感。

那些事情很小，沒有讓我吃過苦，算不上是悲劇，也沒有人願意聆聽。如今我有機會說出來，而且有人願意聽，讓我感覺海闊天空。

感謝文容堂的朋友們這一路願意讀我的投稿，我萬分幸運。

我要再次畫蛇添足，我父母親真的對我很好，只是他們的個人特色，小孩應付不來，

日比野光世

更別說是獨生女了。

＊　＊　＊

光小姐，您好：

我想辰造先生與敷子女士，當時已經精疲力盡了。

徵兵、殘酷的戰俘生活；在沒有生理假、育嬰假的時代裡當職業婦女。除了舊時代的體制問題之外，這一對男女，或者說這兩個人，更是天底下最不適合的一對，這兩人才應該彼此拉開距離，把他們放在一個屋簷下，正是讓他們身體與心靈都嚴重消耗的原因。

請問您這個新年打算怎麼過？

若是方便，請來寒舍一起過吧。次子一家要出國跨年，只有長子一家會回來團圓。一起去東華菜館用過餐的外孫（長女的孩子），說還想見您一面。並不勉強，期望有緣再相會。

文容堂

終幕

昨天・今天・明天

電視畫面播著ＮＨＫ的紅白歌唱大賽，音量幾乎降到靜音。

「明明說要看美輪明宏的，結果一家子都睡著了。」

豐臣牌煤油暖爐圍著安全柵欄，放在上面的水壺正冒著蒸汽。

「哎，老公啊，你記不記得美輪明宏的本名叫做丸山明宏？小光啊，妳的不用放酸梅吧？」

「我記得啊。」

「對，不用放沒關係。」

幸子姊準備去泡三人份的昆布茶，我和文容堂大哥同時回答她的問題。

「說到美輪（miwa）……我之前回家鄉辦喪事的時候碰到了美和（miwa）雪子，她女兒好像在我那間學校上函授書法課呢。我們還說到小美以前上的書法教室已經關門了。」
文容堂夫妻經過客廳，我對他們說。
「小美啊，就是那個很受歡迎，還跟妳一起想是誰換了名條的女生？」
幸子姊拿了裝著昆布茶的茶杯遞給我。
「美和雪子、友坂尚子、早水美玲、須田顯彰老師、渡瀨彌一郎老師，還有林奈津子對吧。光小姐小時候就能記住周遭人物的全名，真厲害。」
「文容堂大哥記得才清楚吧？他們只是我的朋友啊。」
「因為妳的投稿讓我印象深刻啊，而且妳都寫全名，我印象更深了。」
「你們不會記住小時候同學跟老師的全名嗎？」
「是記住了一些，不過應該沒有光小姐這麼厲害。」
「老公啊，我也記得好嗎？矢澤永吉，我小學五年二班的男同學，你認識吧？」
「聽妳說過，那個轉學到宇和島的男生吧。」
「矢澤永吉這名字當然好記啦……」
文容堂大哥說話的時候臉上的肌肉幾乎不會動，就連講到笑點都面無表情，所以在他身邊感覺會更加好笑。

「我跟妳說，他在入贅到我家之前叫做柴崎清人，他媽媽叫做柴崎幸呢。跟那個明星柴咲幸同音不同字就是了。不過我小學同學矢澤永吉，就真的跟歌手同名同姓喔。」

幸子姊拿毛筆在報紙廣告單背後寫了矢澤永吉四個大字，她還沒把賀年卡寫完，窗邊的書桌還擺著文房四寶。

「我啊，小時候最討厭聽人說當獨生女好棒，可以撒嬌。別人總說我要什麼家裡都會買給我，家裡什麼都是我一個人的，但其實我家有人生病很花錢……我家明明沒有種枇杷啊……總之我家不是什麼都會買給我，而且什麼東西都是我的，就代表我要對所有東西負責。不過那時我還只是個小孩，不知怎麼反駁。」

幸子姊雙手捧著茶杯。

「幸好我父母的關係不像小光家那麼差，不過我爸爸少了一條腿。他是去國外打仗，受傷截肢，肋膜又有問題，經常臥病在床。有時候我晚上會想，如果媽媽再有個萬一，世上就只剩我孤單一人了，怕得不知道怎麼辦才好。」

「小孩子都是『以管窺天』的啦。用小小的管子去看事情，所以只能害怕。要懂得看近又看遠，才能掌握事情的核心。」

「小光，妳在這裡住下就好啦，何必訂什麼旅館呢？」

「旅館離車站很近，走路只要兩分鐘。」

「我不是說這個，大年初一就待在我們家啊。」

「好，我明天再來打擾。」

「所以我說住下就好啦。」

「這……」我頓了一口氣。

「人家喜歡就好啦，說不定她想集旅館點數呢。」

文容堂大哥這麼說，表情幾乎沒有變動。

「什麼啊，除夕夜住旅館有什麼點數嗎？」

「現在不是有各種集點活動嗎？搞不好除夕夜住房送一萬點之類的。」

「真的嗎？那是Saison 集點卡嗎？哎，小光，真的有嗎？」

「沒有，不是為了什麼集點，是其他原因。」

「什麼？什麼什麼？」

「我想就接受兩位的好意，元旦也來打擾。」

「所以啊，不就應該……哎，老公，這講不通吧？對不對？」

「不會啊，我理解。」

「怎麼會？理解什麼？」

「距離感。」

「距離？什麼距離？」

「等等再告訴妳。」

「哦，好吧，等等再告訴我喔。」

「好好好，光小姐啊，明天就是元旦，妳一退房就要馬上過來喔。」

「對呀，吃個年菜喝個屠蘇酒，我孫子也等著見妳呢。」

「好，謝謝兩位，我一定照辦。」

我探探昆布茶的溫度，把茶喝完，在宣布紅隊白隊是誰獲勝之前離開文容堂的家。

商務旅館單人房的空調有狀況，我請櫃檯送兩條毯子過來，雖然在這又小又冷的房間跨年，感覺卻好溫暖，宛如住在樣品屋裡一樣。

＊　＊　＊

光小姐，文容堂祝您新年快樂。

每次讀到您的「投稿」，就令我回想起許多往事，或者陷入沉思。

「我父母親真的對我很好，只是他們的個人特色，小孩應付不來，更別說是獨生女了。」

上一份投稿……不了，就稱呼它為上一封信吧，您在上一封信裡是這麼寫的。「家庭」是「社會」的最小單位，「社會」由縱向與橫向的關係所組成，像您這樣的獨生女，在家中沒有橫向的關係，只受到縱向的權力影響，再加上您父母之間的夫妻關係不和睦，因此父親和母親又再分別對您施力。

兒童時期的眼界窄，力量也小，您想必孤獨了好一段時間。

就像「恐怖昆蟲館」中提到的二川姊弟，社會上有一種「正向的標準答案」。

「事情過了就過了，去思考往事並沒有幫助，人要忘記無謂的傷害與痛苦，正面思考，朝向明天前進。」

大概就是這麼回事。

我們常聽到或看到這樣的建議，但能夠達到這個境界的人，也不可能完全不痛，不受傷，不流淚吧？畢竟是人啊。只是這種人痛了很快就好，受傷了很快就復原，淚水也很快就會乾，即一般所謂的正面思考者。

正面思考者是天生如此？還是嬰孩開始學步時便早早學會正面思考？姑且不提這個，總之正面思考者從小就會正面思考，反而更無法理解從小就負面思考的人。

天生正面思考者對天生負面思考者提供正面的鼓勵，可能會讓天生負面思考者更沒有信心，更用力否定自己，陷入更深的絕望。

負面思考者踏出第一步就會跌倒，而能夠用力跳出第一步，成長茁壯的人，就是正面思考者。

我大概算是負面思考者，可以回想起很多第一步就跌倒的情況，當然沒有與您一樣的經驗就是了。

負面思考者最大的幫手就是時間，當然不是速效的幫助，但請您多多利用，就好像您當初選擇了緩慢但縝密的逃脫作戰，把第一志願的東海地方某大學佯裝成第四志願，先考上學校之後再移動到東京去那樣。

＊　＊　＊

日比野光世致文容堂：

在Q市小學校長市見過的高峰三枝子夫人，或者經過我家門前的路人都說過「葡萄藤會綁住家裡孩子的能力」、「病人的呻吟聲會把枇杷養肥」。即使是現在的日本，依然到處都能聽見關於樹木的迷信。我在函授課程的高中、大學生通訊欄裡面，就看過好多人擔心這樣的迷信。

對樹木產生迷信，應該算是對樹木樣貌與效能所產生的負面幻想吧。這麼說來，連當地仕紳的夫人，社交圈的貴婦都會有這種負面幻想，可能背後有什麼隱情，只是一切都發生在家裡，只有住在這個家裡的人才明白。

我認為社會上有不少小孩即使碰到可怕、討厭的事，也不敢哭著去找爸爸媽媽。有些父母本身就令人害怕不是嗎？就像我在表姊家看到的老漫畫那樣。

我曾經給通訊課程學生的通訊欄回過話，很隨便的一句「那都是迷信啦！」，因為這種迷信，只要回得愈隨便，對方反而愈聽得進去。

假設有個孩子家庭發生了問題，我想我也救不了那孩子，畢竟我不是那孩子的母親；而我也救不了孩子的父母，因為我不是那孩子。

親子的緣分斷不了。

因此我永遠無法擺脫過去。

某天我誕生，走著自己的人生路，就像其他所有人一樣。

我家的鋼筋水泥屋就是那樣，我所描述的只是一小部分，其他應該推論得出來才是。

我雖然不用吃苦，卻碰到許多不可思議的怪事，在那裡長大所養成的脾氣是改不了的。文容堂先生、長谷川達哉先生、幸子女士也是，誰都擺脫不了過去。要求一件辦不到的事情，就像我母親要求我「沒有三次連續滿分就是不行」、「學科、體育、美勞、音樂，沒有全部第一名就是不行」，這是給自己一個不可能的任務。

過去是擺脫不了的。

但是，有心還是就能減輕負擔。

離家之後的那段日子，我遇過許多人與事，替我減輕不少負擔。離家之前我也遇過，真慶幸當時電腦跟智慧型手機還不普及，我才沒有誤觸什麼膚淺惡質的陷阱，還誤以為是什麼好緣分。一直以來都有許多人在幫我，有人給我白眼的同時也有人懷抱著我望塵莫及的善心對我。

如果父親與母親那種不幸的搭配讓他們的本性產生病變，那世上肯定也有能夠抵銷負面影響的搭配。一路走來，這些能夠抵銷負面影響的人不知道幫了我多少忙。

在這些珍貴的緣分之中，我對某些人說出自己的往事，也有人是感慨地說：「哎呀，妳真是辛苦了。」或許回話的人只是簡短地回句客套話，但我認為有些孩子，只要聽了這句話就能放心哭出來。

我一直不願意接受「毒親」這一個「說法」，現在還是有點抵抗，但若是我獲得這個詞，就等於聽人說「這樣啊，原來有這麼回事啊」的效果，那我希望天底下許多只能責怪自己有錯的孤立無援的孩子，能夠把這個詞當作鑰匙，打開鎖滿淚水的內心。

在這封信，我想對我的父親和母親下個定義，他們是寂寞的毒親。

＊　＊　＊

光小姐：

人總會為過去後悔，也會為了過去的痛楚而落淚，然而拘泥於過去是沒有幫助的。

您說得沒錯，我們不能擺脫過去。您說《昨天．今天．明天》是多段式電影卻遭到斥責，這創傷不會消失。今天是昨天的延續，明天是今天的延續。

但是今天的您不一樣，比昨天的您知道了更多對吧？有了今天的事情，您已經知道《昨天．今天．明天》是一部好電影，不再只是「害我說出多段式電影而挨罵」的電影。

負面思考者就是忘不了過去，想忘也忘不了，要忘不了過去的人去遺忘是一種痛苦。既然如此，記得不就好了？一直記得一直煩惱也沒關係。但既然能記得傷心事，當然也能記得開心事，人生總有開心事，就算數量少，規模小，總會想得起來。

我們不必揮別昨天，把昨天歸檔吧，把裝在心裡的東西分類吧，這個放這裡，那個放那裡。

這麼一來就能把事情看清楚，什麼該好好保存，什麼可以隨便亂丟也不怕。可以亂丟也不怕的事就先丟著，幫手（時間）自然會替我們清理。

或許有人等不及幫手來幫忙，就自己偷偷搬到院子裡的窪洞焚化場去燒掉，就像您小學時偷偷燒垃圾一樣。

本書為虛構體，其中所有「投稿」皆出自事實，惟部分人名、地名、團體名稱經過化名處理。

木曜文庫01

謎樣的毒親

謎の毒親

作者　姬野薰子
譯者　李漢庭
社長　陳蕙慧
副總編輯　戴偉傑
責任編輯　王淑儀
特約編輯　任容
封面設計　萬亞雰

讀書共和國出版集團社長　郭重興
發行人兼出版總監　曾大福
出版　木馬文化事業股份有限公司
發行　遠足文化事業股份有限公司
地址　231 新北市新店區民權路 108-2 號 9 樓
電話　(02)2218-1417
傳真　(02)2218-0727
Email　service@bookrep.com.tw
郵撥帳號　19588272 木馬文化事業股份有限公司
客服專線　0800-221-029
法律顧問　華洋國際專利商標事務所　蘇文生律師
內頁排版　宸遠彩藝有限公司
印刷　前進彩藝有限公司

初版一刷　2019 年 10 月
定價　380 元
ISBN：978-986-359-726-1

國家圖書館出版品預行編目

謎樣的毒親 / 姬野薰子作 ; 李漢庭譯 . -- 初版 . -- 新北市 :
木馬文化出版 : 遠足文化發行 , 民 108.10
面；　公分
ISBN 978-986-359-726-1(平裝)

861.57　　108015381